Books on Demand

AF210809

U. E. Spangenberger

Pokhie

Plädoyer für eine thailändische Prostituierte

Autobiografische Erzählung

Books on Demand

Bibliografische Information der
Deutschen Nationalbibliothek

Die Deutsche Nationalbibliothek verzeichnet diese
Publikation in der deutschen Nationalbibliografie;
detaillierte bibliografische Daten sind im Internet unter
http://dnb.d-nb.de abrufbar.

© 2008 U. E. Spangenberger
Umschlaggestaltung: Dirk Staudt, Hattersheim am Main
Herstellung und Verlag:
Books on Demand GmbH, Norderstedt
ISBN 978-3-837-05832-1

Pokhie

Inhaltsverzeichnis

Vorwort

In diesem Buch schildere ich das Kennenlernen, die Beziehung und spätere Trennung sowie die sich anschließende Freundschaft zu Pokhie, einer thailändischen Prostituierten, die zum Zeitpunkt des Geschehens einundzwanzig bis knapp fünfundzwanzig Jahre alt ist.

Zwei Dinge sind mir in der Zeit des Zusammenlebens mit Pokhie und danach deutlich geworden. Zum einen habe ich verstanden, dass es sich in aller Regel bei solchen Frauen um Menschen handelt mit ganz normalen Empfindungen wie Heimweh, Trauer, Freude oder Zorn. Menschen also, die man gerne haben kann und bei denen es weh tut – genauso wie bei anderen auch – wenn man spürt, dass sie verletzt worden sind oder ihnen Unrecht getan wurde.

Ich habe gelernt, dass Frauen aus den wirtschaftlich armen Ländern solch einen Lebensweg oft als die einzige gangbare Alternative sehen, um überleben zu können. Meistens ist es keine persönliche Böswilligkeit oder Gier nach Geld und Luxus, wie es auch dargestellt wird, wenn sie dieser Arbeit nachgehen. Oder – wie bei dem Schicksal von Pokhie – es hat keine andere Möglichkeit gegeben, weil von der Familie oder anderen dieser Weg vorgegeben wurde.

Der zweite Aspekt, auf den ich in diesem Zusammenhang hinweisen möchte, ist die Rolle der westlichen Industrienationen. Erst durch Überlegungen und Strategien zur Profitoptimierung in den Chefetagen der Konzerne wird der Grundstein für Ausplünderungen von Ländern der so genannten Dritten und Vierten Welt gelegt.

Die Konsequenzen tragen Menschen. Ganzen Völkern und Berufsgruppen wurde und wird dadurch in den Armenhäusern dieser Erde so entsetzlich mitgespielt, dass sie auf Jahre und Jahrzehnte hinaus jegliches gesellschaftliche und ökonomische Fundament verloren haben. Dies geschieht unter anderem, um nur zwei Punkte zu erwähnen, durch die Zurückhaltung bei der Verteilung von Medikamenten, oder durch den Verkauf von Waffen zur gleichzeitigen Unterstützung sämtlicher Seiten der auf allen Kontinenten tobenden Bürgerkriege.

Ich spreche zusätzlich von jenen Ländern, in die keine Touristen fahren, die aber gerne als Müllkippe für unsere Wohlstandsgesellschaft genutzt werden.

In vielen dieser Länder kann ein Großteil der Bevölkerung dauerhaft keine Arbeit finden. Die Menschen können zum Teil kaum das Geld für Wasser aufbringen, geschweige denn für die Schule, um lesen und schreiben zu lernen. Was in diesen dunkelsten Ecken der Welt oftmals übrig bleibt, ist, Drogen anzubauen oder den eigenen Körper als medizinisches Ersatzteillager anzubieten oder sich selbst zu vermieten, in Form der Prostitution.

Von letzterem handelt dieses Buch, dass drei Schicksalsjahre einer thailändischen Prostituierten in Frankfurt beschreibt.

10

Pokhie

Ich lernte Pokhie in einem Etablissement in Frankfurt am Main kennen. Das Zimmer, in dem ich auf sie wartete, bestand hauptsächlich aus Bett und strahlte diese bekannte schwülstige und dumpfe Atmosphäre aus, die solchen Räumen oft anhaftet. Dieser Eindruck wurde verstärkt durch süß-säuerliche Gerüche, die manchmal Beigeschmack von asiatischen Küchen sind. Auch die schweren zugezogenen dunkelroten Vorhänge schienen diese Dünste aufgesogen zu haben. Schummriges Halbdunkel, rote Neonleuchten, die sich in dem großen Spiegel am Kopfende des Bettes widerspiegelten, und melancholische Schmusesongs sollten dem Besucher eine Stimmung vorgaukeln, die nicht wirklich vorhanden war.

„Das neue Mädchen ist sehr hübsch", so war mir Pokhie angekündigt worden. Dies war wahrlich nicht übertrieben, wie ich bald feststellen sollte. Denn nach kurzer Wartezeit erschien eine zierliche junge Frau mit feinen, zarten Gesichtszügen, kleiner Knubbelnase und hoher Stirn. Nur dezent hatte sie Lippenstift und andere Accessoires aufgetragen. Ihre Fingernägel wirkten gepflegt und waren sauber lackiert. Glattes, schwarzes, halblanges Haar, das von aufgehellten rotbraunen Strähnchen verziert wurde, schmückte ihr Gesicht. Als sie mich begrüßte, blitzten ihre weißen Zähne auf.

Ich blickte auf einen schlanken, fast makellosen Körper, der von wohlgeformten Beinen getragen wurde. Sogar das Tatoo mit dem kleinen Vogel auf ihrem Oberarm störte mich, der sonst für Verzierungen dieser Art überhaupt nichts übrig hat, nur wenig. Insgesamt fand ich, dass sie für jeden Gast ein ästhetischer Anblick sein musste, und auch mir gefiel das Dargebotene sehr.

Die junge Thailänderin offenbarte also mit ihrer äußeren Erscheinung in jeder Weise jene Vorzüge, die mich schon immer angezogen hatten. Sie war zierlich, sie war schlank, sie war nicht zu groß, eher klein, ihre ganzen Proportionen schienen zu stimmen. Ich hatte nicht das Geringste an ihr auszusetzen. Dennoch habe ich mit ihr das erste gemeinsame Erlebnis nicht in besonders reizvoller Erinnerung behalten. Sie verkaufte sich zunächst schlecht. Sie wirkte desinteressiert. Sie vermittelte mir das Gefühl, dass sie liebend gerne weit weg sein wollte.

Sie ließ mich also spüren, dass ich ihr sehr egal war. Das wiederum behagte mir nicht. Auf den Gedanken, dass so ein Mensch aus einem fernen Land und fremden Kulturkreis ganz andere Probleme haben könnte, bin ich im Entferntesten nicht gekommen. Ich war dumm und egoistisch. Ich bildete mir sogar ein, sie nicht wie Ware zu behandeln, da ich ihr half, ein frisches Laken ordentlich über das Bett zu ziehen. Ja, ich war auf diese Handlung stolz, weil ich dachte, dass nur wenige Kunden in dieser Weise Hilfsbereitschaft zeigen würden. Da sie jedoch darauf nicht entsprechend reagierte, war ich verwundert und empfand sie als undankbar.

Dennoch, sie interessierte mich. So fand ich immer wieder den Weg zu ihr und stand am Eingang des großen grauen Mietshauses aus den fünfziger Jahren mit den unansehnlichen Balkongeländern aus blau lackiertem Blech.

Ich schaute mich jedes Mal verstohlen um, bevor ich in den Hof ging, um dann an der Haustür auf das abgenutzte Klingelschild zu drücken. Fast immer hatte ich ein unangenehmes Gefühl, solange, bis endlich der Türöffner summte und ich gegen die Eingangstür drücken konnte. Denn ich wollte vermeiden, dass ein Hausbewohner bemerkte, welche Wohnung ich anschließend betreten würde. Dies empfinde ich heute irrational. Zum einen kannte mich in dem Haus niemand, und zum anderen stand ich nicht hinter meinem Handeln. Aber, so war es nun einmal.

Von diesen ersten zwei, drei Monaten mit ihr habe ich nur wenige Eindrücke, die für mich bleibend sind, und über die ich etwas erzählen könnte. Es sei denn, dass sie mir zunehmend freundlicher und aufmerksamer vorkam. Aber wie so vieles im Leben, kann auch dieses Gefühl nur durch den Wunsch in mir selbst entstanden sein.

Behalten habe ich, dass sie mir bei einer dieser anfänglichen Begegnungen voller Stolz erzählte, sie sei erst einundzwanzig Jahre alt. Ich registrierte es, konnte aber zunächst damit nichts anfangen. Ich hatte ja nur meine Gedankenwelt im Kopf und wusste, dass viele junge Frauen aus fremden Ländern bei uns diese Arbeit tun. Mehr dazu kam mir nicht in den Sinn.

Ich sah sie nicht als eigenständiges Individuum. Wahrscheinlich begriff ich sie nur als Mittel, nicht aber als Menschen, der seine eigenen Wünsche und Sorgen hat.

Nach einiger Zeit bemerkte ich, dass ich öfter an sie denken musste. Mein inneres Bild von ihr begann sich zu wandeln. Wenn sie etwas sagte, nahm ich es auf wie von jemandem, der mir wichtig war und an dessen Leben ich Anteil nehmen wollte. Äußerungen, die sie machte, regten mich mehr und mehr zum Nachdenken an.

Die thailändische Frau war als Person in mein Leben getreten.

Ich aber war verheiratet, Vater von zwei fast erwachsenen Kindern und lebte seit Jahren neben meiner Frau, so wie sie auch neben mir lebte. Wir gingen zwar kameradschaftlich miteinander um, waren aber kein richtiges Ehepaar mehr. Dennoch fuhren wir regelmäßig zusammen in Urlaub, so auch in jenem Jahr an die Küste nach Istrien.

Von dort schickte ich Pokhie, obwohl ich nicht richtig in sie verliebt war, immerhin heimlich einen Kartengruß. Vielleicht tat ich das auch deshalb, weil sie ein paar Wochen vorher angefangen hatte zu sagen: „Pass bitte auf dich auf", wenn wir uns an der Tür des Etablissements verabschiedeten. Für diese Art von Beziehung fand ich ihre Worte recht bemerkenswert.

Anfang September, meine Frau und ich waren gerade aus dem Urlaub zurück, sagte Pokhie in ihrem holprigem Deutsch unvermittelt zu mir: „Am 22. September mein Geburttag." Sie sagte tatsächlich ‚Geburttag', denn bei der exakten Aussprache einer komplizierten Konsonanten-folge tat sie sich schwer. „Gebe Party hier. Kann' Du kommen?" Ich sagte zu.

Ihre Einladung erfüllte mich einerseits mit Stolz. Ande-rerseits war ich verunsichert. Wie sollte ich mich bei der Feier verhalten? Wer wird sonst noch kommen? Wahr-scheinlich hat sie einen Freund, der auch anwesend ist. Bestimmt kommen Kolleginnen. Über was werden sie re-den? Ich bin kein großer Partylöwe. Was also erwartet sie von mir? Erwartet sie überhaupt etwas von mir, oder hat sie die Einladung nur aus einer Laune heraus ausge-sprochen? Soll ich wirklich hingehen? Vielleicht kann sie sich noch nicht einmal daran erinnern, mich eingeladen zu haben? Dann würde ich dastehen, wie bestellt und nicht abgeholt. Das sind genau die Situationen, die ich nicht mag. Unbekanntem gegenüber war ich eher verängstigt, hatte nie in meinem Leben eine gesunde Neugierde dafür entwickeln können. Trotz aller Bedenken nahm ich mir dennoch vor, an ihrem Geburtstag einen Blumenstrauß zu kaufen und zu gratulieren

Das Leben allerdings ist nicht vorhersehbar. Es spielt oft seine eigene Musik und verändert die Planungen.

Manchmal eröffnet es neue Perspektiven oder sendet absolute Traurigkeiten. Alles sollte anders kommen.

Schon viele Jahre vorher waren Tiere für mich zu einem wichtigen Lebensinhalt geworden. Seit meiner Kindheit hatten sie mich begleitet, die Hunde von Nachbarn, eigene Wellensittiche, oder meine Häsin Fränzi, die mich jeden Morgen, nachdem sie aus ihrem Stall springen durfte, Haken schlagend begrüßte, bis ihre Kreise enger wurden und sie endlich vor mir sitzen blieb, um dann zärtlich einen Schnürsenkel anzuknabbern.

Auch als Erwachsener – mit meiner Frau zusammen – hatten wir wieder Tiere, die Hunde Tinka und Moritz, aber auch Flora, eine junge Katze aus dem Tierheim.

Flora war anfangs sehr scheu und hat sich als junges Kätzchen lange Zeit verängstigt hinter einem Kühlschrank verkrochen. Wochenlang habe ich versucht, sie von dort wegzulocken. Manchmal lag ich für Stunden auf dem Boden, um ihr gut zuzureden. Aber Flora hatte ihren eigenen Kopf, eine Katze eben. Sie blieb zunächst, wo sie sich sicher fühlte. Erst langsam, begann sie, ihre Umgebung zu erkunden.

Schließlich aber, als sie kennen lernte, was Freiheit bedeuten kann, wurde sie neugierig und immer mutiger und ging auf Wanderschaft. Wir haben versucht, sie nachts wegen einer nahen Autobahn nicht mehr aus dem Hause zu lassen. Es ist uns nicht immer gelungen. Wenn Flora dann von ihren Streifzügen zurückkam, hat sie sich gerne zu mir ins Bett gelegt, in dem schon Moritz, unser Hund, lag. Eingekuschelt in meinem Arm, so hat sie geschlafen.

Jetzt aber sind wir wieder im September angekommen, genau am 18. September. Ich sehe Flora noch heute vor mir, wie sie in unserer Straße einem jungen Vogel auflauert. Ich klatsche in die Hände, der Vogel fliegt fort.

Flora dreht sich um, sieht mich beleidigt an, als ob sie sagen wolle: „Was machst du da? Ich will doch nur spielen." Danach entzog sie sich meinen Blicken ...

Ein paar Stunden später, abends gegen halb elf – Flora war noch nicht zu Hause –, saß ich mit meiner Frau vor dem Fernsehapparat, als mich wie ein Blitz eine Eingebung traf. Ich spürte, dass Flora, etwas Schlimmes zugestoßen sein musste.

Obwohl ich seit diesem Moment aus meinem Innersten heraus wusste, dass ich das Kätzchen nicht mehr lebendig sehen würde, hoffte ich auf ein Wunder. Ich lief durch die Straßen, fuhr langsam nach links und rechts blickend die Autobahn ab, hängte Zettel an Bäume, Straßenlaternen oder Bushaltestellen, und bat die Nachbarschaft um Mithilfe bei der Suche. Tierheime klapperte ich ab.

In diesen Tagen drehte sich alles bei mir um die verschwundene kleine Katze, die gerade fünfzehn Monate alt war.

Die Hoffnung starb für mich am 22. September. Morgens hatte die Autobahnmeisterei angerufen, weil sie meine Flora gefunden hatten. Wir beerdigten sie abends. Jeder aus der Familie hatte ein kleines Röschen, mit dem sie zugedeckt wurde...

Mir stand nicht der Sinn nach Pokhie, nicht an diesem Tag, nicht an den Wochen danach.

Dem Leser mag die folgende lange Trauerzeit unglaubwürdig vorkommen. Es war doch bloß eine Katze. Mir aber ging es so. Denn durch ihren Tod hatte Flora lieb gewonnene kleine Glanzlichter mitgenommen, die für mich nur noch Erinnerung sein würden.

Irgendwann aber ging das Leben weiter. Noch nicht im Oktober, doch auch dieser verging. Dann, im November, als die Tage schon viel kürzer waren, nahm ich mein Verlangen wieder wahr und lenkte mein Auto in die Feldbergstraße.

Als ich vor der Haustür stand, wiederholte sich die Szene wie immer. Dieses unangenehme Gefühl, beobachtet oder erkannt zu werden, war sofort wieder da. Auch diesmal schien die Wartezeit nur langsam vorbei zu gehen. Endlich öffnete die Concierge, aber noch in der Tür erklärte sie mir: „Pokhie arbeitet nicht mehr hier." Doch sie sagte auch, dass die Thailänderin um eine Nachricht gebeten hatte, falls ich noch einmal erscheinen sollte. Wenn ich wolle, könne sie jetzt anrufen. Sie habe die Handy-Nummer. Vielleicht würde Pokhie kommen. Ich solle einen Moment warten.

Und das Warten lohnte sich.

Pokhie kam. Mit dem Taxi. Aus einem Ort, der etwa vierzig Kilometer entfernt war, wie ich hinterher erfahren sollte. Von unterwegs rief sie zweimal an, und bettelte, ich solle bitte nicht weggehen.

Zum ersten Mal fand ich ihr Verhalten absolut außergewöhnlich und wunderte mich sehr. Ich war nie ein Frauenheld. Schon als Jugendlicher hatte ich eine Brille und Ansätze zu einer Glatze. Außerdem war ich nicht gerade sportlich. Dass es neben Äußerlichkeiten andere Werte geben muss, die einen Menschen liebenswert und attraktiv machen, habe ich für mich selbst immer nur schwer akzeptieren können.

Das Verhalten von Pokhie schmeichelte also ungemein. Ich bildete mir schnell ein, es sei die Gnade einer späten, sehr seltenen Liebe.

Als sie das Zimmer betrat, freute ich mich sehr. Wir gingen langsam aufeinander zu, schauten uns in die Augen und haben uns schweigend in die Arme genommen und festgehalten – so würde ich es heute beschreiben. Diese

Begrüßung, fast ohne Worte, war nach der langen Pause das Schönste an diesem Abend. Es war ehrlich. Da war nichts Käufliches. Das kam später.

Pokhie hatte mir, dem verheirateten Mann, der in einer gehobenen Position angestellt ist, viel zu erzählen. Sie tat dies in dem ihr eigentümlichen Deutsch, das sehr unvollständig und manchmal wegen fehlender Worte und schlechter Aussprache auch fast unverständlich war. Hinzu kommt auch bei ihr, wie bei allen Asiaten, dass sie mit europäischen Sprachlauten Probleme hat, so wie wir umgekehrt uns auch schwer tun, wenn wir fernöstliche Sprachen sprechen wollen.

Von dem Redeschwall mit all diesen Unzulänglichkeiten, der nun auf mich herabprasselte, begriff ich aber immerhin soviel, dass sie wegen Unbotmäßigkeit ‚strafversetzt' worden war und man ihr eine Lehre erteilen wollte.

Trotz alledem hatte sie immer noch soviel Freiheit, sich bei entsprechenden Umständen ‚frei' bewegen zu dürfen. Eine Freiheit, die aber nicht wirklich gegeben ist, denn solche Frauen wie Pokhie sind verloren, wenn sie alleine und ohne Hilfe sind, weil ihnen die Kommunikations-Fertigkeiten fehlen und durch die Verschiedenheit der Kulturen zusätzliche Schlingen und Fallstricke geknüpft werden. Freiheit liegt also bestenfalls darin vor, sich zeitweise örtlich und räumlich in bekannten Gegenden bewegen zu können. Entscheidungsfreiheit, was das eigene Leben betrifft, ist nicht vorhanden, weil hierzu das Verständnis, die Einsichten, das Wissen und damit die Handlungsmöglichkeiten fehlen.

Ich weiß nicht, wie Pokhie es erreichen konnte, aber im neuen Jahr war sie wieder regelmäßig in der Feldbergstraße. Mal kündigte ich meinen Besuch bei ihr telefonisch an, mal erschien ich unangemeldet.

Sie zeigte mir mit Kleinigkeiten öfter, dass sie sich über mein Kommen freute. An dem einen Tag machte sie mich darauf aufmerksam, dass mein Jackenkragen nicht korrekt saß, wenn ich fort ging, an einem anderen Tag erzählte sie mir von ihrer Familie oder sprach ganz allgemein über Thailand, während sie das nächste Mal aus einem Briefumschlag ein paar Fotos holte, die sie mir zeigte. So brachte sie aber auch ihre Sehnsucht nach der Heimat zum Ausdruck. Auch kam es vor, dass sie nach ‚getaner Arbeit' einfach in meinen Armen einschlief.

Ich gewann ihr Zutrauen, ich glaube, weil es ihr gut getan hat, dass ich ein geduldiger Zuhörer war.

Vieles, über das sie berichtete, erschien mir verworren und unklar, und ich dachte: „Andere Länder, andere Sitten." Die Traurigkeit, die ich bei den ersten Treffen bemerkt hatte, schien verschwunden. Sie wirkte nun, wie eine junge Frau, die mit ihrem Leben zufrieden war. Ich nahm dabei für mich in Anspruch, eitel, wie ich diesbezüglich seinerzeit war, dass mein Erscheinen und mein Umgang zu dem Stimmungswandel beigetragen hatten.

Die Begegnungen wurden intensiver, es schien zu einer ‚kleinen' Beziehung gekommen zu sein. Es war schön und für uns wichtig, Informationen oder einfache Begebenheiten auszutauschen. Wenn Pokhie über ihr Zuhause in Thailand redete, sprach sie mit Achtung von ihren Leuten dort. Sie klärte mich darüber auf, dass der Isaan, wie der nordöstliche Teil des Landes genannt wird, viel ärmer als die anderen Provinzen oder Bangkok seien. „Bangkok", sagte sie „reiche Stadt, da immer Arbeit." Ihre Familie könne es sich aber nicht leisten, dorthin zu ziehen, weil nicht genug Geld für den Umzug da ist. Nur deshalb sei sie in Deutschland, um ihrer Verwandtschaft, die sonst keinen Ernährer habe, zu helfen.

Dass die Tradition, die Familie zu unterstützen, vor allen Dingen als Pflicht der erstgeborenen Frauen angesehen wird, und in den ärmeren Gegenden des Landes heute noch große Bedeutung hat, habe ich später erfahren.

Die Gespräche mit Pokhie waren nicht einseitig. Auch ich habe viel über mich, mein Leben und meine Familie erzählt und die junge Thailänderin hat mir interessiert zugehört. Es war ein Geben und Nehmen, und so gewann ich den Eindruck, dass auch sie sich ein Bild von mir machen wolle.

Im ‚Isaan‘

An einem Frühlingstag im März, vereinzelt streckten vorwitzige Blumen zaghaft ihre neue Farbenkollektion der Sonne entgegen, sagte Pokhie zu mir: „Da ist mehr.“

Ich verstand nicht richtig: „Was hast du gesagt?“ wollte ich wissen. „Du und ich, da mehr.“ Mein Herz hüpfte vor Freude und sie legte nach. „Wann Du hab’ Zeit für mich?“ war die Steigerung.

„Ich bin doch hier“, antwortete ich. „Ich mein anders“, fuhr sie fort in ihrem gebrochenen Deutsch. „Du mal essen gehen mit mir!“ Derselbe Wunsch hatte inzwischen auch bei mir angeklopft. Doch sie sprach es aus.

Jetzt hatte ich den ‚Schwarzen Peter‘. Ich hatte keine Ahnung, wie ich das arrangieren sollte. Durfte ich aus dieser Wohnung etwa einfach mit ihr fortgehen? Oder besser gesagt, durfte sie hier mit mir zusammen weggehen? Das war die richtige Frage. Nein, das durfte sie nicht, ich gab mir selbst die Antwort. Meine Unsicherheit sah sie mir sofort an und zog mir sanft am Ohrläppchen. Schmunzelnd forderte sie mich auf: „Musst ‚Oma‘ fragen.“ ‚Oma‘ war die Concierge, eine Thai, die vermutlich früher selbst in diesem Gewerbe gearbeitet hatte.

„Ja, ich frage ‚Oma‘“, versprach ich und fühlte in meiner Magengegend jenen Druck, den ich immer spüre, wenn eine Aufgabe auf mich zukommt, die unangenehm oder ungehörig erscheint. Ich wusste, dass ich innerlich einen längeren Anlauf nehmen musste, bevor ich in der Lage war, diese einfache Frage zu stellen.

„Du hab’ schon mit ‚Oma‘ ’sprochen?“ überfiel sie mich beim nächsten Rendez-vous. „Nein, ich habe noch keine Zeit gehabt“, log ich. „Kann ‚Oma‘ holen. Du dann’ mit ihr sprechen.“ „Diese Woche ist ganz schlecht. Geht nicht. Ich frage ‚Oma' das nächste Mal", so oder ähnlich antwortete ich und versuchte Zeit zu gewinnen.

Pokhie selbst war im Umgang mit solchen Dingen nicht anders. Auch sie machte gerne um Unangenehmes einen Bogen und ließ dies andere – später meistens mich – für sie erledigen. Mit meiner Antwort gab sie sich zunächst zufrieden, ließ aber durchblicken, dass sie das Thema so bald wie möglich wieder ansprechen werde.

Aus meiner heutigen Sicht war meine Verzögerungstaktik albern. Damals aber ging das noch eine Weile so weiter, bis ich meine inneren Widerstände überwunden hatte und ‚Oma' die entscheidende Frage stellte. Die Antwort war wie eine Ohrfeige. „Jetzt", bedeutete mir die Concierge „ganz schlecht." Dabei blickte sie Pokhie drohend an und sagte schroff: „Viele Kunden." Dann murmelte sie noch etwas davon, dass sie es sowieso nicht gerne sehen würde, wenn die Mädchen privat mit ihren Gästen weggehen und schlurfte davon.

Zum ersten Mal in meinem Leben spürte ich einen Hauch dessen, was Menschenhandel bedeutet.

Pokhie aber ließ nicht locker. Sie hatte ähnliche Szenen bestimmt schon genug erlebt. Aber auch mein Wunsch, mit ihr in ein gemütliches Restaurant zu gehen, wurde stärker. Doch zunächst hatten wir kein Glück. Wir trafen immer auf die gleiche mürrische Alte, die barsch reagierte.

„Du noch Moment warten?" fragte sie mich zwei Wochen später, als meine Besuchszeit eigentlich schon abgelaufen war. „Ja, das geht, was möchtest Du?" antwortete ich. „Ich will, Du kaufen mit mir Shampoo!" „Darfst Du denn jetzt hier raus?" „Du schon mal gehen auf Straße, ich jetzt sprechen mit ‚Oma'", sagte sie selbstbewusst.

Also verließ ich das Etablissement und wartete draußen. Nach ein paar Minuten öffnete sich die Haustür und

Pokhie kam in ihrem kurzen Röckchen auf die Straße, nahm mich in den Arm und küsste mich vor allen Leuten auf den Mund. Ich war hin und her gerissen. Auf der einen Seite hat mir das gut getan, auf der anderen Seite war deutlich, wer hier wen öffentlich küsst. Ich war zu dieser Zeit noch meilenweit davon entfernt, darüber zu stehen. Mit Tränen in den Augen sagte sie nach einem kurzen Augenblick: „Geht nicht, ‚Oma' sagen, Kunde gleich kommen."

Selbst dieser kurze Augenblick an Freiheit für einen kleinen Einkauf war nicht möglich.

Es wurde Ostern. Die kalten Wintertage waren vorbei und ich dachte, auch meine junge Thailänderin würde die beginnende warme Jahreszeit genießen. Schließlich kennt man in ihrer Heimat keine Winter, zumindest nicht in der Form, wie wir sie von Europa gewohnt sind. Sicherlich gibt es in den nördlichen Gebieten um Chiang Mai oder Chiang Rai, die an den Himalaja grenzen, kältere Tage. Aber Pokhie kommt aus dem östlichen Teil Thailands, und dort ist es das ganze Jahr über, selbst in der Regenzeit, mindestens so warm wie bei uns im Sommer.

Aber in meiner Einschätzung hatte ich mich getäuscht. Pokhie liebte es kalt. Und sie liebte Schnee. Wenn sie manchmal die Vorhänge etwas beiseite schob und aus dem Fenster schaute, sah sie mich beinahe sehnsüchtig an und fragte: „Jetzt kein Schnee mehr?" Daran merkte ich, dass die weiße Pracht für sie etwas Besonderes ist.

Ostern selbst fuhr ich nach Berlin, um meine jüngere Halbschwester, die ich schon lange Jahre nicht mehr gesehen hatte, zu besuchen. Seit den Tagen meiner Kindheit, als sie mich im Sportwagen spazieren gefahren hat, hat mich das Gefühl, von ihr umsorgt zu werden, nie verlassen. Nanne, sie heißt eigentlich Marianne, ist ein lieber Mensch, der scheu und genügsam und ohne Klagen durch das Leben gegangen ist.

Wir hatten uns viel zu erzählen an diesen beiden Tagen. Vor allen Dingen fielen der siebzehn Jahre älteren Schwester immer wieder Anekdoten aus meinen ersten Lebensjahren ein. Ich hörte gerne zu und merkte nicht, wie schnell die Stunden vergingen.

Pokhie erwähnte ich mit keinem Wort.

Ostermontag, gleich nach dem Frühstück, bin ich zurück nach Frankfurt gefahren. Dort angekommen, musste ich noch einmal dringend an meinen Arbeitsplatz, um eine Statistik für den nächsten Tag auszuarbeiten, so erzählte ich es meiner Familie.

In Wahrheit aber habe ich Pokhie besucht, nachdem ich mich inzwischen mit ihr verabredet hatte. Dabei habe ich ihr auch von meiner Berlinfahrt erzählt. Den Namen dieser Stadt hatte sie anscheinend schon gehört. Sie behauptete sogar, einmal dort gewesen zu sein. Ich wusste nicht, ob ich ihr das abnehmen sollte. Wahrscheinlich hat es ihr nur gut getan, mir zu imponieren.

Ihr Hauptanliegen aber kam gleich. „Wann Du hab Zeit für mich?" und sie spielte wieder darauf an, mit mir ausgehen zu wollen. „Pokhie", sagte ich, „Du weißt doch, ‚Oma' möchte das nicht." „Egal", antwortete sie, „Frag! Sie heute nicht nervös." Was sich auch dahinter verbergen mochte, Pokhie schien sicher zu sein, dass jetzt ein guter Zeitpunkt für diese Frage sei. Sie schob mich fast in die Küche, wo ‚Oma' mit ein paar Mädchen saß und schwatzte.

Ziemlich verlegen brachte ich meine Bitte hervor. Ich hatte wieder mit einer herben Abfuhr gerechnet. Doch zu meinem Erstaunen war es tatsächlich ein guter Tag. Ja, es sei vielleicht in dieser Woche machbar, beschied ‚Oma' gnädig. Ein wenig verwirrt schlich ich von dannen. Doch bevor ich ging, legte ich mit Pokhie noch den Termin für unser gemeinsames Essen fest.

Sicher war ich mir aber immer noch nicht, dass es zustande kommen würde, denn die Concierge gab mir das Gefühl, als habe sie alle Macht der Welt. Ein einfaches ‚Nein‘ konnte jederzeit verhängt werden und uns einen Strich durch die Rechnung machen.

Die Verabredung war für den 15. April geplant. Ich erfuhr später, dass an diesem Tag der Jahreswechsel im buddhistischen Kalender stattfindet und Songkhran genannt wird.

Im Gegensatz zu Europa, wo man das neue Jahr mit Böllern und Raketen begrüßt, feiert Thailand dieses Ereignis mit Wasserschlachten auf den Straßen, und bringt damit zum Ausdruck, dass man den neuen Zeitabschnitt gereinigt beginnen möchte. Die Menschen dort stehen überall auf den Bürgersteigen, halten Wasserschläuche in der Hand und zielen auf die vorbeifahrenden Autos, während Kinder, Jugendliche und Erwachsene von den Ladeflächen der Kleinlaster mit Spritzpistolen, Schöpfkellen und Suppenschüsseln dem Fußvolk ihren nassen Segen geben.

Wie viel Spaß dieses Fest macht, durfte ich drei Jahre später in Khong Kaen erleben. Ich war inzwischen mit Aung zusammen, deren vollständiger thailändischer Name Aungsumalee sich liebevoll mit Sonnenblume umschreiben lässt. Stundenlang sind wir damals durch die Straßen gefahren. Dabei bin ich so nass geworden, dass ich mir anschließend – nachdem wir endlich genug hatten – in einem Kaufhaus neue Kleidung besorgen musste.

Aber noch sind wir im Jahre 2004 und in Frankfurt, haben aber auch einen 15. April und das Rendez-vous steht unmittelbar bevor. Ich war ziemlich aufgeregt, als ich die

Nummer wählte, die ich inzwischen auswendig kannte. Nach kurzem Klingeln hörte ich die piepsige Stimme der Concierge. Ich nannte meinen Namen und wollte wissen, ob ich gegen halb sieben kommen könne, um Pokhie abzuholen. „Das ist zu früh", zischte ‚Oma' „komm Stunde später, dann hat sie Zeit." Also wartete ich geduldig und hoffte, diese Stunde möge schnell vorübergehen. Dann fuhr ich los.

Ganz in der Nähe des Etablissements fand ich einen Parkplatz und war froh, dass ich Pokhie keinen weiten Weg zumuten musste.

Nachdem ich das Auto abgeschlossen hatte, überkam mich eine traurige Stimmung. „In den nächsten Stunden", so dachte ich, „erlebst du etwas, auf das du dich sehr freust. Aber die Zeit wird schnell vergehen, schneller als dir lieb sein wird. Was wirst du fühlen, wenn du Pokhie wieder bei der Concierge abgeliefert hast? Du wirst bestimmt öfter mit ihr ausgehen wollen. Vielleicht geht das aber nicht. Wie erträgst du das, wenn du sie wieder sehen möchtest und das wahrscheinlich nur auf die in diesem Gewerbe übliche Art möglich ist?" Ich hatte Angst vor der Zeit danach und den Fragen, die sich anschließend auftun könnten. Und ich hatte eine seltsame Angst um Pokhie.

Diese Gedanken beschäftigten mich auf den wenigen Schritten von meinem Auto zu dem grauen Haus. Ich bog noch um eine Häuserecke und sah schon die hässlichen Balkone. Ich konnte nichts Freundliches an dem Gebäude entdecken, denn inzwischen begriff ich selbst dieses als Mittel, das dazu beitrug, Pokhie das Leben schwer zu machen. Aber jedes andere Haus hätte die gleiche Funktion gehabt. Das ging mir durch den Kopf, als ich die letzten Meter zurücklegte.

Inzwischen hatte ich geklingelt. Pokhie wartete schon. Sie schien ungeduldig. Als wir die Wohnung verließen, brummte die Alte, die neben uns stand: „Ihr habt eine Stunde, nicht länger." Ich war von dieser Vorgabe beeindruckt. Pokhie schien das egal zu sein. Hauptsache, sie hatte für kurze Zeit Freiheit gewonnen.

„Dein Auto weit weg?" wollte sie wissen. „Nein", beruhigte ich sie und triumphierte innerlich. An dieser Frage merkte ich aber auch, dass die Thailänderin bestimmten Bequemlichkeiten gegenüber nicht abgeneigt war. Als wir vor dem Wagen standen, öffnete ich den Türschlag für sie. Ich sah ihr an, dass sie sich über die Geste freute.

Während der Fahrt stellte ich fest, dass sie mit technischen Bedienungselementen bestens umgehen konnte. Ich weiß nicht warum, aber das hatte ich nicht unbedingt erwartet. Doch sie belehrte mich eines Besseren und betätigte den Knopf der elektrischen Fensterheber wie selbstverständlich, nachdem sie gefragt hatte: „Kann rauchen?"

Weil die Concierge unsere Ausgehzeit deutlich eingegrenzt hatte, wollte ich ein Restaurant in der Nähe aufsuchen. Aber die junge Dame an meiner Seite hatte ihre eigenen Wünsche. Und ich gewann den Eindruck, dass sie sich soviel Zeit nehmen würde, wie es ihrer Meinung nach gerade ging. Wahrscheinlich war es ihr auch nicht wichtig genug, wie die Kupplerin auf eine Verspätung reagieren würde. Sie musste deren Launen sowieso jeden Tag ertragen. Ob diese dann einmal etwas krasser ausfielen, schien unerheblich zu sein.

Pokhie konnte also sehr wohl ihren eigenen Kopf haben. Reaktionen, die aus ihren Handlungen folgten, nahm sie scheinbar in Kauf. Ich interpretierte, dass sie eigentlich eine starke Persönlichkeit sein müsse. Gleichzeitig hatte ich aber auch den Verdacht, sie könne vielleicht innerlich zerrissen sein.

„Ich sag, wie du fahren", unterbrach sie meine Gedanken und dirigierte mich durch die Straßen Frankfurts. Ich spürte, wie sehr sie es genoss, sich außerhalb der Einflussnahme der Concierge zu bewegen. Sie sah sich immer wieder interessiert um, betrachtete die vorbeihuschenden Häuser und Plätze, und dann und wann entschlüpfte ihr ein „Sehr schön", das sich sowohl auf das ansetzende Grün in den Bäumen beziehen konnte, während mit derselben Aussage ein paar Minuten später eine knallbunte Leuchtreklame an einer Hauswand gemeint war.

Ein wenig fremd war die Atmosphäre schon. Und so haben wir auf dieser Fahrt zunächst nicht viel miteinander gesprochen. Ich empfand das Schweigen unangenehm, und merkte auf einmal, wie lang die Bockenheimer Landstraße sein kann.

Ich kenne diese Situationen. Wenn etwas neu für mich ist, oder ich mit Leuten zusammen bin, die mir nicht vertraut genug sind, habe ich öfter Probleme, einfach darauf loszureden. Ich spüre schnell Druck, etwas Schlaues und Beeindruckendes sagen zu müssen. Bis mir allerdings die richtigen Worte einfallen, haben andere schon einen ganzen Roman erzählt. So nehme ich mich immer wieder als Schweiger in einer Gruppe wahr. Aber als Schweiger, dem seine Ruhe unangenehm ist und der deshalb dann auch keine Ruhe hat.

In einem seiner Songs, ich glaube, der Titel heißt ‚Zugbekanntschaft', hat Volker Lechtenbrink sehr schön seinen Zuhörern solche Gefühle vorgetragen.

So ähnlich erging es mir während dieser Fahrt und ich hatte Hemmungen, über Belangloses zu reden. Sicherlich kamen auch schon die ersten Sprachprobleme hinzu, also

Pokhies holpriges Deutsch oder ihr kaum besseres Englisch. Ich selbst sprach damals kein einziges Wort in Thai.

Krampfhaft suchte ich nach einem Thema. Und endlich, die Hälfte der Strecke war schon gefahren, fiel mir ein, was ich fragen konnte. Ich kannte ja bislang nur ihren Vornamen, also war es an der Zeit, sich nach ihrem Familiennamen zu erkundigen. Sie antwortete stolz: „Ich heissen Supatra." Dieser Name schien gut zu ihr zu passen, vermittelte er doch eine gewisse Vornehmheit. Später stellte sich heraus, dass sie meine Frage nicht richtig verstanden hatte, denn Supatra ist ihr richtiger Thai-Vorname, Pokhie heißt sie nur im Milieu.

„Du hier nach rechts abbiegen", erklärte sie mir, als wir das Ende der Bockenheimer erreicht hatten und auf die ‚Alte Oper' schauten. „Jetzt links!" bestimmte sie kurz darauf, etwas spät zwar, aber ich konnte noch rechtzeitig die Spur wechseln.

Ich war verblüfft über ihre guten Ortskenntnisse. Es war augenscheinlich, dass sie sich öfter, als ich angenommen hatte, aus dem Etablissement entfernen durfte. Nach ein paar weiteren Minuten sagte sie: „Jetzt du Parkplatz suchen." Das hörte sich leichter an, als getan, denn wir waren inzwischen in der Nähe des Doms, also inmitten der viel befahrenen Frankfurter Altstadt. Kurz entschlossen fuhr ich in das nahe gelegene Parkhaus. Schnell fanden wir dort einen freien Platz und stellten das Auto ab.

Nachdem wir die Treppenstufen der Tiefgarage hinaufgestiegen waren, führte mich Pokhie zielstrebig durch ein paar Gässchen, bis wir vor dem ‚Isaan' standen.

In dem Lokal war sie, das stellte ich schnell fest, recht gut bekannt. Auch hatte sie unseren Besuch offensichtlich angekündigt. Als wir eintraten, erlebte ich zum ersten Mal die Begrüßungszeremonie der Thais – den Wai. Dabei bleibt man in entsprechendem Abstand voneinander stehen, sieht sich an, legt die Handflächen vor dem Gesicht zusammen und macht eine Verbeugung. Je nach dem Ansehen des Begrüßten fällt dies deutlicher oder nur andeutungsweise aus. Eine Frau sagt dabei zu ihrem Gegenüber ‚Sawadee kha', ein Mann antwortet ‚Sawadee khrab'. ‚Kha' und ‚khrab' sind Höflichkeitsformeln, die auch am Ende von Sätzen gesprochen werden, wenn deren Aussage noch betont werden soll oder man besonders freundlich sein möchte.

Pokhie und die Wirtin begrüßten sich mit diesem Ritual. Ich wartete bis Patty, so hieß die Wirtin, auch mich willkommen hieß. Sie gab mir auf europäische Art die Hand. „Guten Abend", sagte sie ziemlich akzentfrei, „ich freue mich, dass Sie gekommen sind. Ich darf Ihnen übrigens versichern, dass Pokhie eine liebe Frau ist." Dies meinte ich ohnehin zu wissen.

Doch diese fast intime Aussage bei dem ersten Kennenlernen von einer mir bislang unbekannten Person überraschte mich schon. Ich glaubte zu merken, dass die Wirtin es ehrlich meinte, aber auch Pokhie in einem guten Licht darstellen wollte. Die beiden Frauen gingen sehr vertraut miteinander um, denn es ist nicht unbedingt Art der Thais, so eine Aussage beim ersten Zusammentreffen gegenüber einem Fremden zu machen. Dieser Gedanke kam mir jedoch erst später.

Das gute Verhältnis zwischen den beiden bestätigte sich in der kommenden Zeit mehrfach. Wenn Pokhie von Patty sprach, nannte sie sie oft „Schwester". „Nicht wirklich Schwester", korrigierte sie sich noch an dem Abend im ‚Isaan'. „Sie wie große Schwester zu mir. Wenn ich hab' Problem, sie mir helfen." Das Wort Problem sprach sie gerne aus. Aber sie betonte es nicht wie die Deutschen auf der zweiten Silbe sondern auf der ersten, wie es auch die Amerikaner tun würden.

Das ‚Isaan' war ein angenehmes Lokal, eingerichtet mit Sitzecken, die durch Bambus-Hölzer und Bastmatten voneinander getrennt waren. Die Wände wurden von exotischen Verzierungen geschmückt. „Aha", dachte ich, „so sieht also ein Lokal in Thailand aus."

Das Essen selbst war nicht so sehr an den europäischen Geschmack angepasst wie es bei den meisten chinesischen Lokalen hier der Fall ist.

„Schmeckt gut?" fragte Pokhie. Wenn ich ehrlich gewesen wäre, hätte ich antworten müssen: „Nun, ein bisschen gewöhnungsbedürftig ist es schon." Aber da ich die Stimmung nicht verderben wollte, sagte ich „Prima". In Wahrheit aber störten mich damals und stören mich manchmal auch heute noch bestimmte Verfeinerungen der Gerichte mit diversen Kräutern und Aromen. Weil die Würze dann für mich nicht ausgewogen erscheint, können sie von meinem Gaumen nicht immer den größten Beifall bekommen. Bei Curry oder Kombinationen mit Kokosnuss fiel mir das besonders auf.

Immer wieder kam während des Abends die Wirtin an unseren Tisch, setzte sich zu uns, sobald es ihre Zeit erlaubte, und nahm an unserem Gespräch teil. Manchmal, wenn die Unterhaltung anspruchsvoller wurde, fungierte sie als ‚Dolmetscherin'.

So machte ich mir keine Gedanken darüber, dass Pokhie und ich vielleicht einmal an eine intellektuelle Grenze stoßen könnten.

Von Pokhie erfuhr ich, dass sie hier im ‚Isaan' ab und zu auch an Karaoke-Wettbewerben teilnimmt und sie sagte: „In Thailand hab' oft gemacht." „Ja", mischte sich Patty ein, die dies mitbekommen hatte, „Pokhie hat eine sehr schöne, sanfte Stimme. Sie kann auch in Englisch singen und manche Lieder sogar auf Chinesisch."

„Nächstes Mal, komm' du mit", bestimmte Pokhie, als sie den Gesprächsfaden wieder aufnahm. Was mich sehr freute, signalisierte mir das doch, dass dieser Abend nicht unbedingt eine Eintagsfliege sein musste. Die Bedenken, die ich ein paar Stunden vorher hatte, sollten diese Befürchtungen grundlos gewesen sein? Konnte sich Pokhie möglicherweise doch mehr Freiheiten herausnehmen, als ich bislang annahm?

Zusätzlich beruhigte mich, als meine nette Begleitung kurz darauf Patty bat, ihr ein Blatt Papier und einen Kugelschreiber zu bringen. „Ich Dir jetzt schreib' meine Handy-Nummer auf, dann Du kann' mich auch pivat erreichen." Sie sagte tatsächlich ‚pivat'. Ich musste mich noch sehr daran gewöhnen, dass Pokhie, das ‚r' nicht korrekt aussprechen konnte oder wollte, weil es von der Stimmbildung her Mühe macht. „Der Zuhörer wird schon wissen, was ich meine", so oder ähnlich wird sie sich öfter gedacht haben. In diesem einfachen Fall war es auch kein wirkliches Problem.

Ich war unendlich glücklich und hatte doch ein schlechtes Gewissen. Die Nummer von meinem Telefon würde ich ihr zumindest an diesem Abend nicht geben wollen. Ich war froh, dass sie soviel Taktgefühl besaß, nicht danach zu fragen.

Ein paar Minuten später sagte sie: „Ich nur schreiben Zahlen, nicht normale Worte. Kann auch nicht lesen." „Mein Gott", dachte ich gleich zweimal.

Zum ersten, weil mir die Ungeheuerlichkeit dessen dämmerte, über was sie zu reden anfing. Ein junger Mensch, der nicht lesen und schreiben kann, und damit nicht in der Lage ist, hier in Deutschland sein Leben nur halbwegs zu organisieren und in den Griff zu bekommen, wird von Asien aus alleine auf die Reise geschickt, um in dem gefährlichsten und billigsten Milieu der Welt seine Haut zu verkaufen und damit Geld zu verdienen. Geld, das Pokhie noch nicht einmal für sich alleine behalten durfte.

Die Bedeutung und Tragweite dieser Aussage machte mich auf das Tiefste erschrocken.

„Mein Gott", dachte ich aber auch, weil ich im Traum nicht erwartet hatte, mit einer Analphabetin auszugehen. Nicht, das ich das nun furchtbar schlimm – für mich – fand, mich überraschte einfach sehr, wie locker Pokhie dies überspielen konnte. Mir kam sofort die Szene in den Sinn, als die Wirtin ihr die Speisekarte in die Hand gedrückt hatte. Ich wäre nie auf den Gedanken gekommen, dass Pokhie sich ihr Essen nicht wirklich von dieser Karte ausgewählt hatte. Sie schien die perfekte Show gemacht zu haben.

Ich habe kaum mitbekommen, wie schnell die Zeit verging und erschrak, als ich auf die Uhr sah. Doch es tat mir gut, dass Pokhie den Abend genauso genoss wie ich, aber das letzte, was ich wollte, war, dass sie Ärger bekommen würde. Ich hatte ja keine Ahnung, mit welchen Konsequenzen sie bei einem deutlichen Überschreiten des ‚Zapfenstreiches' zu rechnen hatte. Mir fiel ihre Strafversetzung wieder ein. Ganz abgesehen von den Problemen, die sie dann vielleicht haben könnte, auch mir würde das nicht gefallen, dachte ich egoistisch.

Zehn Uhr war lange vorbei. Ich wurde immer unruhiger, aber Pokhie gefiel der Abend. Doch jetzt drängte ich zum Aufbruch. Mir wähnte Schlimmes für sie. „Bitte noch ein Bier, bitte, bitte, bitte", bettelte sie. Ich sah ihr in die Augen und entschied mich richtigerweise nicht für Vernunft. Ich entschied mich für mein Gefühl, das sagte:

„Du weißt nicht, was sie erlebt hat, du weißt nicht, was sie nachher und morgen und in der Zukunft erleben wird. Also sei du nicht dafür verantwortlich, ihr die Stunden zu kürzen, die ihr Spaß machen und in denen sie sich wohl fühlen kann."

Es war kurz nach halb zwölf, als ich sie in der Feldbergstraße absetzte.

„Ich gehe mit hinein", sagte ich, um sie zu unterstützen.

„Nein", erwiderte sie, „ist meine Sache. Muss alleine mit ,Oma' klären. Ist besser so."

„Pass auf Dich auf!" sagte sie zum Abschied, gab mir einen Kuss und verschwand in der Dunkelheit des Hauseingangs.

Ich hätte heulen können, und ich glaube, ich habe es getan.

Pläne

In den Wochen nach dem Besuch im ‚Isaan' durfte sich Pokhie öfter mit mir außerhalb des Hauses treffen. Bei einer dieser Verabredungen habe ich ihr dann auch meine Telefonnummer gegeben. So konnte sie mich erreichen, wann immer sie Lust dazu hatte.

Ich kann mich noch genau an ihren ersten Anruf erinnern. Er erwischte mich beim sonntäglichen Mittagessen. Da ich in weiser Vorahnung inzwischen mein Handy auf ‚lautlos' gestellt hatte, bekam außer mir niemand etwas mit, und ich konnte unauffällig zurückrufen.

„Ich schon dreimal angerufen", sagte sie mit Lachen in der Stimme. Oh, wie stolz war ich.

„Ich einsam", sagte sie mir aber auch manches Mal, und ich verstand diese Aussage nicht. „Sie hat doch mich", dachte ich in meiner Einfalt, ohne zu verspüren, was sie mir damit sagen wollte. Es war keine körperliche, noch nicht einmal emotionale Einsamkeit gemeint.

Erst lange danach, in Thailand, habe ich den grausamen Hilferuf verstanden. Damals aber, in Frankfurt, hatte ich noch nicht erkannt, was mir Pokhie mitteilen wollte, und dass sie letztendlich um Überlebenshilfe bettelte, wenn sie sagte: „Du mein Leben in die Hand nehmen!" „Wie gerne wollte ich das für meine kleine Analphabetin tun", dachte ich überheblich, und „Sie soll mich nur machen lassen!" Ich schwebte über dem Boden – Quatsch, ich war in den Wolken – und sehr davon überzeugt, ihr aus dieser Misere heraushelfen zu können. Und ich war auch überzeugt, dass nur ich das vollbringen würde. Ich war gerührt wie ein eitler Gockel.

Man stelle sich aber auch vor, wie eine junge, bild-hübsche Asiatin einen in die Jahre gekommenen Westeuropäer um Unterstützung bittet. Man meint dann doch, nur noch dahin schmelzen zu können.

Zum ersten Mal bekam ich einen Eindruck wie vielfältig ihre Probleme wohl sind an einem Sonntagnachmittag zu verspüren. Ich hatte sie angerufen und sie meldete sich gleich. Ihre Stimme klang fröhlich, als ich ihr vorschlug Eis essen zu gehen „Oma' nicht da, du kann' kommen. Ich warten", antwortete sie. Schnell machte ich mich auf den Weg, stand wie immer ungeduldig vor der Haustür, bis endlich der Summer ertönte und ich eintreten konnte.

Die Eingangstür zu dem Etablissement war schon einen Spalt geöffnet, und ich erkannte im Halbdunkel hinter der Tür Pokhie, die ihr Gesicht leicht nach rechts gewendet hatte und mich beim Näherkommen betrachtete. Das Zimmer, in das wir gingen, kannte ich von anderen Gelegenheiten in und auswendig. Dort hatte sie auch diverse eigene Kleidungsstücke hinter einem Vorhang untergebracht. Sie verschwand dahinter und suchte nach einem passenden Oberteil. Endlich schien sie das Richtige gefunden zu haben und kam wieder hervor.

„Du meinst geht?" fragte sie mich, nachdem sie den Pullover über ihre nackte Haut gezogen hatte. „Ja, warum nicht?" antwortete ich und bewunderte, wie die jungen Knospen auf ihren sanften Hügeln den Pullover an zwei Stellen leicht nach außen beulten.

„Ich vielleicht schämen", reagierte sie mit Unsicherheit. „Brauchst Du doch nicht", erwiderte ich, ganz Mann, und meinte kein Problem damit zu haben, wenn meine Freundin so mit mir durch ein paar Straßen des Frankfurter Westends spazieren würde.

Ich fand das sensationell und konnte mich in meiner Blasiertheit baden. Ich musste ja nicht irgendwelche Dinge von meinem Körper zur Show vor mir hertragen.

Ich werde nie vergessen, wie anders die thailändische Prostituierte das empfand.

Als wir bezahlt hatten, nahm sie sehr bestimmt das Tablett, auf dem die Eisbecher standen, in ihre Hände. Sie nahm es und hielt es fest in der Höhe ihres Busens und verdeckte somit die für sie anrüchigen Stellen. So trug sie den Schutz, der sie vor Verletztheiten bewahren sollte, in ihr Zimmer …

Ich wusste nichts Besseres, ich konnte auch nicht anders, ich stiefelte hinter ihr her.

In dieser Situation hatte ich vollkommen übersehen, dass nicht meine Eitelkeit gefragt war, sondern, dass sie Bestätigung haben wollte, dass so etwas nicht in Ordnung ist, sich nicht gehört. Ich hatte übersehen, vielleicht wollte ich es auch nicht sehen, dass das Schamgefühl von Frauen, die aus solchen Teilen der Welt kommen wie Pokhie, viel verwurzelter ist, als in unserer westlichen Welt.

Auch mit dieser Diskrepanz musste meine Thailänderin irgendwie fertig werden. Wenngleich sie bei anderen ähnlich sensiblen Szenen durchaus entgegengesetzt reagieren konnte. Man denke an das Ereignis einige Wochen vorher, als sie mich auf der Straße küsste.

Ein paar Tage später zu Hause sitze ich allein in der Küche und trinke ein Glas Wein nach dem anderen. Ich weine. Meine Frau ist wie so oft in der letzten Zeit schon vor mir ins Bett gegangen. Meine Tochter kommt aus ihrem Zimmer, sieht die Szene, geht ein paar Schritte auf mich zu und sagt nur „Stimmt's, Dir geht's schlecht!" Ich sage „Ja!" und sie nimmt mich in den Arm. Ich bin ihr noch heute dankbar dafür.

Ich weinte, weil ich inzwischen wusste, dass Pokhie im Internet als Hure angeboten wurde. Für mich war das damals ein Schock. Für Pokhie war es das normale Leben.

Meine Beobachtungen stellten viele Dinge bei mir in ein neues Licht. Sie öffneten meine Augen auch für andere Wahrnehmungen, wie die folgenden Begebenheiten zeigen können.

Normalerweise ging Pokhie für ihre Einkäufe in einen Asia-Shop. Einmal aber wollte sie unbedingt noch Zutaten für ein spezielles Nudelgericht haben. „Du mit mir in Kleinmarkthalle!" Aha, diesen Markt kannte sie auch. Also fuhren wir in die Altstadt und standen bald zwischen all den anderen Menschen in den Gängen dieses Marktes.

Pokhie suchte sich hier etwas aus und dann dort eine Kleinigkeit, bis wir zu einem italienischen Stand kamen, an dem Käsecremes in kleinen Proben angeboten wurden. Auch wir probierten. Aber Pokhie konnte sich nicht entscheiden. Die Verkäuferin musste ihr immer wieder erklären, wie denn nun die Bestandteile der verschiedenen Sorten waren und zu welchen Gerichten sie am besten passen würden. Schließlich sah die Italienerin mich an, schüttelte leicht den Kopf und sagte: „Ja, ja, die Asiaten, sie können sich nie entscheiden." Und so war es auch. Zum Schluss habe ich auf ein Glas gedeutet und gesagt: „Das nehmen wir."

Ein anderes Erlebnis hatte ich bei einem Einkaufsbummel auf der Frankfurter Zeil. Pokhie entdeckte ein Geschäft der Ladenkette Douglas und ging zielstrebig hinein. Ich dachte: „Sie wird sich etwas Bestimmtes kaufen wollen, vielleicht ein Shampoo oder ein Parfum." Sie tat jedoch das, was ich in Zukunft noch öfter erleben sollte. Sie kaufte planlos, wahllos ein. Shampoos, Parfums, Lippenstifte, Eyeliner, Rouge legte sie in den Einkaufskorb, gerade, wie es in ihr Blickfeld und damit in den Sinn kam.

Ich hatte dabei nicht den Eindruck, dass sie diese ganzen Dinge unbedingt brauchte. Ich hatte ein anderes Gefühl, das Gefühl, dass sich da jemand belohnen muss, vielleicht auch vor Kolleginnen angeben will. Es schien auch, sie braucht etwas um für einen Augenblick ihre Situation vergessen zu können. Und sie genoss diesen Zustand, bis ihr Geld all war. Wenigstens war es an diesem Nachmittag so.

Ihr irgendwelche Zusammenhänge zu erklären, war zwecklos. Wie sollte das auch gehen? Ich selbst hatte viel zu wenig Ahnung, um einer Thaifrau aus der ärmsten Provinz ihres Landes in irgendeiner Weise einen vernünftigen Rat geben zu können. Und Pokhie, das weiß ich heute, hätte den Rat von mir damals auch nicht angenommen. Sie war viel zu sehr von ihrem Milieu gefangen und konnte, weil sie sich im Grunde doch immer wieder auf die Ratschläge ihrer Landsleute verließ, nicht lernen, Zusammenhänge zu begreifen. Das heißt nicht, dass ich sie für dumm halte. Doch weil ihr jegliche Art von Bildung, Ausbildung und auch Lebenserfahrung mit einem seriösen Anspruch fehlten, war sie nicht im Stande, die rettende Insel zu finden und hing sich in letzter Konsequenz immer wieder an die Leute, die sie so oft ausgebeutet hatten.

Pokhie hat niemals gelernt, mit Geld umzugehen. Sie sagte zwar öfter: „Muss sparen!" Aber es blieb fast ausnahmslos beim Vorsatz. So konnte sie nie die Erfahrung machen, dass für ein auch nur halbwegs ruhiges Leben, eine gewisse Planung und Vorsorge, zumindest nach unseren westlichen Vorstellungen, notwendig ist.

Geld war für sie und ist es noch heute, etwas, das sie mit Glück verbindet. Sie ist eben aufgewachsen in der Zeit, als in Thailand die neuen Wundertüten – Geldautomaten – wie Pilze aus dem Boden geschossen sind und sich seitdem ob ihrer Spendierfreudigkeit allzu großer Beliebtheit erfreuen. Sie ist außerdem erzogen worden, oft in den Tempel zu gehen. Ich weiß, dass sie dabei, wie fast alle Thais, auch um Geld bittet. Es scheint zu sein, dass die Maxime ihres Lebens aus der Aussage besteht: ‚Viel Geld, viel Glück.'

Doch sie hat bis heute nicht verstanden, dass Geld nur Mittel aber niemals Zweck sein kann. Umgekehrt hat sie es zumindest damals nicht in der erforderlichen Klarheit erkannt, dass sie selbst als Medium benutzt wird, um für andere mit ihrem Körper Geld zu beschaffen.

Bei diesem Einkaufsbummel auf der Zeil brachte sie mir mit einer kleinen Bemerkung noch etwas anderes bei, nämlich, dass die Strapazen ihres Berufes sie nicht nur seelisch belasten. Auf dem Rückweg mit ein paar Einkaufstaschen in der Hand, hockte sie sich plötzlich auf dem Bürgersteig hin und sagte: „Kann nicht mehr laufen. Zuviel gearbeitet. Alles wund. Tut sehr weh."

Auf der einen Seite war ihre Hilflosigkeit, auf der anderen Seite aber verstand es Pokhie auch geschickt, sich schwach darzustellen. Ich sah jedoch nicht die Darstellung, ich sah nur die Not. Die rief in mir immer wieder meinen Beschützerinstinkt auf den Plan. Wie gerne würde ich ihr helfen wollen.

Allerdings war ich verheiratet. Doch meine Ehe bestand nur noch auf dem Papier. Auch wenn ich in meiner Frau nach wie vor einen lieben Kameraden hatte und habe, so sehnte ich mich dennoch nach einem Partner, der mich vor allen Dingen auch aus tiefstem Herzen verstand. Unklar ist mir heute, dass ich damals meinte, Pokhie könne mir das bieten. Ich denke jetzt, dass zwischen ihr und mir eine große Sympathie besteht. Dass ich dieses Gefühl seinerzeit als Liebe empfunden hatte, war sicherlich übertrieben.

Aber heute ist heute, und damals war damals. Und damals dachte ich, ich liebe Pokhie und hatte mit ihr große Pläne. Das wichtigste für mich war und ist es bis heute geblieben, sie aus dem Milieu herauszuholen und ihr eine andere Lebensperspektive zu ermöglichen.

Ich wusste mittlerweile, dass zwischen der Concierge und Pokhie beziehungsweise ihrer thailändischen Familie ein Kontrakt bestand, den sie abarbeiten musste. Offensichtlich hatte man ihren Leuten in Thailand Geld gegeben – von vierzigtausend Euro war die Rede – und Pokhie gab dafür ihren Körper hin.

Von dem, was die Kunden bezahlten, bekam die Concierge die Hälfte, zur Regulierung der Schulden einschließlich der Zinsen, die mit etwa zwanzig Prozent angesetzt waren. Von dem Rest wurden Pokhie monatlich noch zweihundert Euro für die Nutzung eines schäbigen Mansardenzimmers in Rechnung gestellt, in das sie sich zurückziehen durfte, wenn sie es gar nicht mehr aushalten konnte. Weitere Ausgaben und Aufwendungen fielen an für die Unterstützung ihrer Familie, die auf regelmäßige Zahlungseingänge pochte. Außerdem erfuhr ich, dass sie zusätzlich noch ihren deutschen Ehemann zu versorgen hatte, der seit der Heirat mit ihr sonderbarerweise dauerhaft arbeitsunfähig geschrieben war. So musste sie zwar nicht gerade am Hungertuch nagen, aber Reichtümer konnte sie auch nicht anhäufen.

Etwa drei Jahre sollte die Tortur dauern, dann wäre sie frei, so war es ihr versprochen worden.

Sie war jetzt gut zweieinhalb Jahre hier in Frankfurt dieser Arbeit nachgegangen und nach ihrer Meinung sollte sie alle Schulden im August dieses Jahres – wir schreiben 2004 – los sein. Vorher aber wollte sie gerne noch einmal, weil sie Sehnsucht hatte, für ein paar Wochen nach Hause fahren. Diesen Plan von ihr kannte ich. Im Mai sollte der Flug gehen.

Inzwischen hatten wir uns öfter darüber unterhalten, ab August/September, sobald ihr Kontrakt erfüllt war, zusammenzuziehen. Dieser Wunsch schien bei ihr ebenso stark zu sein wie bei mir. Immer wieder hörte ich von ihr in diesen Wochen: „Du mein Leben."

Gleichzeitig war sie aber auch misstrauisch mir gegenüber. Oft habe ich bemerkt, wenn ich einen Vorschlag gemacht hatte, der ihr gefiel, dass sie meinte, dies müsse sofort in die Tat umgesetzt werden. Sobald so etwas länger dauerte, machte sie mir deutlich, dass sie mit dem langsamen Fortgang nicht einverstanden ist. Dieses Verhalten hat mich immer wieder an ihr Drängen vor unserem ersten Besuch im ‚Isaan' erinnert.

Auch bei der Suche nach einer passenden Wohnung für uns hatte sie Vorstellungen, die nicht realistisch waren, was die Schnelligkeit der Umsetzung betraf. Jedes Mal wenn wir uns trafen, war ihre erste Frage: „Hab' du was gefunden?" Wieder und wieder zeigte sie mir Immobilienanzeigen in Zeitungen oder drängte mich, über das Internet eine Wohnung zu suchen.

Jedoch gab es neben Pokhie auch einen Beruf für mich, der mich voll ausfüllte und mir keine Zeit gab, tagsüber auf Wohnungssuche zu gehen. Meine Einwände diesbezüglich empfand sie wahrscheinlich als Ausreden. Sie musste es auch so empfinden, weil in ihrer thailändischen Familie regelmäßiges Arbeiten nicht üblich war.

Sie hat es nie erlebt, dass morgens um sechs Uhr der Wecker klingelt, der Vater, die Mutter, der Bruder oder die Schwester aufstehen müssen, um sich für den Arbeitstag fertig zu machen, dann das Haus verlassen, und vielleicht zehn Stunden später müde und abgespannt zurückkommen. Solche Abläufe waren und sind ihr vollkommen fremd. Zwangsläufig konnte sie mit meiner Aussage, ‚Ich habe einen Beruf', nicht viel anfangen. Sie konnte also nicht die ganze Problematik einschätzen, die sich alleine aus dem Zeitaufwand bei der Wohnungssuche für mich ergab. Ich selbst erlebte dabei auch die eine oder andere Überraschung, an die ich nicht gedacht hatte.

Da Pokhie keine Möbel hatte, kam deshalb für uns zunächst nur ein möbliertes Appartement in Betracht. Das war weiter kein Problem. Die Miete war dadurch zwar etwas teurer, aber Pokhie wollte dafür den größeren Teil übernehmen, was sie später auch tat.

Es zeigte sich außerdem, dass sie wöchentlich wechselnde Vorstellungen davon hatte, in welchen Stadtteil sie ziehen wollte. Mal wünschte sie sich weit weg von dem Etablissement, in dem sie arbeitete, bei der nächsten Diskussion spielte das kaum eine Rolle, dafür sollte die Lage zentral sein.

Diese Vorgeplänkel zogen sich bis zu ihrem Thailandflug im Mai hin. Ich registrierte, dass sie sich zwar sehr freute, wieder ihre Heimat zu sehen und ihre Familie zu treffen. Gleichzeitig aber verstärkte sich in mir das Gefühl, dass sie auch Angst vor diesem Besuch hatte.

Ich war mir nicht sicher, aber ich vermutete, dass ihre Verwandtschaft Ärger machen könnte, wenn sie nicht genügend Geld mitbringen würde. Jahre später hat Aung versucht, mir zu erklären, was thailändische Familien erwarten, wenn eine Thailänderin einen europäischen Freund oder Mann hat. Auch Aung, die vor meiner Zeit mit einem Amerikaner verheiratet war, und solche Zusammenhänge eigentlich besser hätte einschätzen sollen, wollte oder konnte lange Zeit nicht nachvollziehen, dass Menschen, die ihr Gehalt in Euro beziehen, trotzdem nicht zwangsläufig reich sein müssen. Auch sie meinte, die Rechnung ist doch ganz einfach, denn der Euro hat fast fünfzig Mal so viel an Wert wie der Baht. Wie schön, wenn man davon ein bisschen etwas abbekommen kann. So einfach sind die Gedanken. Weitergehende Überlegungen werden nicht angestellt. Das bedeutet, wenn der europäische Freund oder Mann jetzt nicht schnell seinen Geldbeutel aufmacht, dann ist er einfach nur geizig oder mag uns nicht. In diesen Mustern dachte auch die Verwandtschaft von Pokhie. Nur, dass Pokhie viel weniger Möglichkeiten hatte als Aung, ihrer Familie die Absurdität dieser Annahmen auszureden.

Aber nicht nur die Sorgen um Pokhies Aufenthalt in Thailand begleiteten mich. Ich war sehr verliebt und wusste nicht, wie ich es ohne meine Freundin aushalten sollte. Was wäre ich doch so gerne mit ihr geflogen. Wieder kam mein Beschützerinstinkt hoch. Ich malte mir aus, welche Gefahren dort vielleicht lauern würden. Konnte sie sich gegen alle Schlechtigkeit der Welt durchsetzen – ohne mich? Zu jener Zeit sah ich gerne das Bild von der kleinen schwachen Frau, und ich war ihr Held.

Solche Gedanken beschäftigen mich, als ich sie am Abend vor dem Flug abholte, um mit ihr und ein paar Bekannten im ‚Isaan' Abschied zu feiern. Ich selbst würde nicht sehr lange bleiben, weil ich am nächsten Tag noch vormittags arbeiten musste. Also verabschiedete ich mich früher. Pokhie begleitete mich zu meinem Auto und sagte unvermittelt: „Du jetzt mach Foto von mir." Gerne nahm ich den Apparat aus der Jackentasche und drückte auf den Auslöser. „Mach noch ein', will bisschen näher". Auch das war kein Problem. Dann kam sie ganz nahe an mich heran, schmiegte sich an mich, küsste mich lange und brach in meinen Armen zusammen.

„Ich Angst, Angst, Angst." „Warum?" fragte ich verstört zurück. „Du kann' nicht verstehen, du noch nie in Thailand." Sie wand sich aus meinen Armen, die ihr gerne die notwendige Sicherheit gegeben hätten, und lief weinend in das Lokal zurück. Ich hatte ein Rätsel mehr.

Um die Mittagszeit des nächsten Tages fuhr ich in die Feldbergstraße, um Pokhie abzuholen. Ich hatte erwartet, sie deprimiert vorzufinden. Doch es kam anders. Etwa gegen halb eins klingelte ich. Pokhie öffnete. Ich bemerkte sofort, die Stimmung hatte gewechselt. Keine Traurigkeit war mehr zu verspüren. Sie schien fast fröhlich.

Die Diskrepanz ihrer Gefühle des Vorabends zu ihrem Auftreten jetzt, konnte ich erst viel später begreifen und hatte damals auch keine Zeit, mir Gedanken darüber zu machen. Nur verschwommen kam mir in den Sinn, dass die Thais ihre Gefühlswelt hinter einem Lächeln oder dem Wai verbergen. Ich hatte keine Ahnung, was sie in Thailand erwarten würde. Ich dachte nur, dass dort viel von ihrem Verhalten abhängig sein könnte und sie im Grunde Stärke vortäuschen musste.

Ihr Gemütszustand wurde auch von ihrer flapsigen Kleidung begleitet. Ich sehe sie noch heute in diesem lässigen Outfit: blaue, aufgeschlitzte Jeans, darüber ein dunkler Pulli, dessen Ärmel etwas nach oben gekrempelt waren. Ein zierliches Halskettchen sollte der Erscheinung den Hauch von Noblesse verleihen. Davon abstechend, aber nicht unchic, brachte die knallrote Handtasche Spannung in ihr Auftreten.

Ein paar Kleinigkeiten waren noch zu erledigen. So überlegte sie hin und her, welche Schuhe sie anziehen sollte. „Die da oder die da?"

Ohne meine Antwort abzuwarten, brachte sie dann noch ein paar Stiefelchen zum Vorschein. „Thailand jetzt viel Regen. Die da jetzt besser!" sprach's und entschied sich. Ich hatte ihre Frage anders verstanden und gedacht, sie überlegt, welche Schuhe für den langen Flug die bequemeren wären.

Zu dritt, mit ihrer damaligen Freundin, fuhren wir zum Flughafen. Noch auf der Fahrt dorthin schoss mir ein Gedanke durch den Kopf: „Was würdest du tun, wenn Pokhie jetzt sagt, ‚Ich hab Angst. Lass uns woanders hinfahren.'" Ich weiß nicht, was ich wirklich gemacht hätte. Ich weiß nur, dass ich mich vor dieser Frage fürchtete.

Ich war nicht besonders überrascht, – fast hatte ich es erwartet – als wir am Flughafen von einer kleinen Thai-Gruppe empfangen wurden. Offensichtlich, so empfand ich es zunächst, wollte man Pokhie nicht ganz unbeaufsichtigt lassen. Immer wieder vermittelte mir meine junge Freundin am Flughafen durch kleine Gesten, dass sie es sich nicht leisten konnte, sich vor diesen Leuten zu verstecken oder auch nur, sie nicht zu beachten. Ich wähnte Schlimmes dahinter und malte mir alle Sensationen des Milieus aus.

Doch die Erklärung war vielleicht ganz harmlos. Ich glaube heute, dass es eher normale Reisebegleitungen waren, die Pokhie in Anspruch nehmen wollte, wenn bei den Grenzformalitäten Hilfe erforderlich wäre. Das könnte notwendig sein, denn nicht nur wir Europäer auch Thailänder müssen bei der Einreise in ihr Heimatland ein Formular ausfüllen.

Die Szene zeigte mir auch, dass es in der Realität manchmal schwierig erscheint, zwischen Phantasie und Wirklichkeit zu unterscheiden.

Wir checkten also baldmöglichst ein, weil Pokhie drängte, zu ihrer Gruppe zu kommen. So waren wir lange vor der Boarding-Zeit an der ersten Passkontrolle. Der

Kuss von ihr zum Abschied schien mir verschämt, so, als ob sie ihn für überflüssig und zu intim halte. Zu ihrer Freundin sagte sie verlegen: „Wir jetzt keinen Kuss", wobei sie mich aus den Augenwinkeln spöttisch ansah.

Die Eindrücke, die ich durch die Erlebnisse mit Pokhie bekommen hatte, waren für mich in dieser Dimension neu. Es ist etwas anderes, ob über dramatische Schicksale in der Zeitung, im Radio oder Fernsehen berichtet wird, oder ob man sie persönlich miterlebt. Das Geschehen erhält eine andere Qualität in dem Augenblick, in dem wir davon selbst betroffen sind und zu Mitspielern werden, einfach nur, weil aus der Sensation der anonymen Berichterstattung ein fühlbares Einzelschicksal geworden ist.

Wir machen es uns zu leicht, wenn wir uns zurücklehnen und meinen, wir leben in einem Land, das kulturelle Werte, Errungenschaften und Erkenntnisse achtet, und wir hätten deshalb mit den Ungerechtigkeiten auf dieser Welt nichts zu tun. Denn ist nicht das, was wir in unserer Gesellschaft gemeinhin als Kultur bezeichnen, lediglich die Kultur der Oberen? Die von uns, dem ‚einfachen' Volk, beklatscht werden soll? Ist wahrhafte Kultur nicht etwas ganz anderes als Opernbälle, Konzertveranstaltungen oder Schauspielabende? Ist wirkliche Kultur nicht vielmehr vor allen Dingen eine Ordnung, die es gerade den Unterprivilegierten auch möglich machen muss, ein menschenwürdiges Leben zu führen?

Günther Anders, der große europäische Philosoph, den ich in seinem sozialen Anspruch auf derselben Stufe sehe wie Jean-Paul Sartre, stellt den Focus anders aber nicht unterschiedlich ein, wenn er sagt, dass die Wirkungen von Konzertaufführungen und ähnlichen Inszenierungen sofort verpuffen, sobald das Publikum wieder seinen Alltagssorgen gegenübersteht.

So fing ich langsam an zu begreifen, dass für bestimmte Personen und Gruppierungen die gerne zitierte unantastbare Würde des Menschen nicht nur nicht vorhanden ist, sondern auch noch unerwünscht erscheint. Ich begann auch zu erkennen, dass es eine Frage des Geburtsortes und damit der Willkürlichkeit ist, ob man sich als Mensch fühlen darf oder nicht.

Und mittendrin war Pokhie.

Sehnsucht

Pokhie flog also am 20. Mai, nachmittags gegen fünfzehn Uhr auf Rhein-Main ab und würde am nächsten
Morgen gegen sechs Uhr Ortszeit in Bangkok landen.
Nach unserer Sommerzeit wäre das ein Uhr nachts. Dort
sollte sie von ihrer Familie abgeholt werden, um dann in
ihre Heimatstadt Nong Bua Lamphu zu fahren. Diese liegt
im Nordosten des Landes und ist ungefähr achtzig Kilometer von Vientiane, der laotischen Hauptstadt, entfernt.
Ich hatte mir aus dem Internet verschiedene Landkarten
Thailands ausgedruckt, und so konnte ich abschätzen,
dass die Entfernung zwischen Bangkok und Nong Bua
Lamphu gut sechshundert Kilometer beträgt.

Irgendwann einmal hatte ich Pokhie angesprochen und
gefragt, wie lange noch die Autofahrt sein würde. „Fünf
Stunden", hatte sie geantwortet. Ich war skeptisch, doch
sie hat immer auf dieser Zeitangabe beharrt. Heute glaube
ich, dass sie einmal mehr ihre Unsicherheit verbergen
wollte und sich für ihre Unkenntnis geschämt hat. Ich
weiß inzwischen, dass diese Fahrt viel länger dauert.

Viele solcher Unstimmigkeiten und Ungereimtheiten haben sich in ähnlicher Weise wiederholt. Erst nach und
nach konnte ich verstehen, wie wenig Pokhie in der Lage
war und ist, bestimmte Dinge richtig einzuschätzen oder
einzuordnen. Es fehlten ihr oft die notwendigen Informationen, aber es kam ihr auch nie in den Sinn, ihr Leben
besser zu planen oder sich an Zeitvorgaben zu halten.

Manchmal dachte ich: „Sie braucht die Uhr nur, wenn
sie einen Zug oder ein Flugzeug erreichen möchte." Und
ich habe mehr dazu gelernt, weil ich heute weiß, dass diese
Einstellung – nein, es ist fast eine Lebensart – den meisten
Thailändern zu Eigen ist.

Wir hatten verabredet, ich solle sie zwei Tage nach ihrer Ankunft auf ihrer thailändischen Handynummer anrufen, nachdem sie sich von den Reisestrapazen etwas erholt hatte. „Du kann' mich dort immer erreichen", so machte sie mir Mut. „Manchmal vielleicht geh' Mama dran. Dann du freundlich! Sag ‚Guten Tag'! Mama spricht auch englisch und will lernen deutsch bald."

„Ist ja toll", dachte ich im Stillen. Ich konnte mir mittlerweile gut vorstellen, was es bedeutet, wenn Thais behaupten, eine Fremdsprache zu sprechen.

Wenn ich anrief, meldete sich am anderen Ende der Leitung die meiste Zeit wirklich Pokhie. Nahm jedoch einmal ein anderer das Gespräch entgegen, war es schwierig genug. Sobald ich jedoch das Zauberwort ‚Ulrich' sagte, kam Bewegung in die Szene, und die Verständigung gelang irgendwie.

Alle zwei bis drei Tage nahmen wir Kontakt auf. Oft habe ich sie angerufen, manchmal vom Handy, manchmal über ein Telefonhäuschen mit entsprechender Billigvorwahl, und manchmal, wenn die Luft ‚rein' war, auch von zu Hause über eine Vorwahlcodierung.

Die normale Handygebühr betrug seinerzeit und beträgt auch noch heute für solche Gespräche in der Minute ungefähr ein Euro und siebzig Cent. Dass sich so etwas sehr schnell summiert, habe ich recht bald bei einer Abbuchung von meinem Bankkonto gemerkt. Dagegen war der Sondertarif, den ich vom Festnetz aus nutzen konnte, mit dreizehn Cent ein wahres Schnäppchen.

„Ja, mir geht es gut. Wie geht es Dir?" „Hier sehr heiß. Was mach' Du?" „Ich bin zu Hause. Hier regnet es." Solche Informationen tauschten wir regelmäßig aus. Obwohl das wahrlich absolute Belanglosigkeiten waren, freute ich mich jedes Mal aufs Neue, ihre Stimme zu hören.

Öfter rief sie auch an, wenn ich im Büro war. Rücksichtnahme auf meine Arbeitszeit konnte ich nicht erwarten. Dieses Gespür fehlte ihr einfach.

Für mich war das meist eine heikle Angelegenheit, denn ich wollte dort keine Zuhörer haben. Es lies sich also nicht vermeiden, dass ich unruhig wurde, wenn sie während meiner Bürozeit anrief. Eine richtige Unterhaltung war dann kaum möglich, denn ich arbeitete damals auch noch in einem Großraumbüro. Gelegentlich konnte ich zwar in einen unbesetzten Nachbarraum ausweichen. Aber das ging nicht immer.

Den wichtigsten Anruf aus Thailand erhielt ich auf einer längeren Autofahrt. Hier war ich zunächst einmal ungestört und das war auch gut. Ich wusste, um was es ging.

Da die Aussprache eine Weile dauern würde, bat mich Pokhie zurückzurufen. Weil mein Verstand mir untersagte, das Handy zu benutzen, fuhr ich eine Autobahnraststätte an und ging in eine Telefonzelle. Es wurde ein anstrengendes Gespräch. Es ging um die Vergrößerung ihres Busens. Ich ahnte Pokhie's Argumente.

Trotzdem habe ich nie verstanden, dass sie diese Operation über sich ergehen lassen wollte. Ich glaube heute noch, dass reine Geldgier hinter den Überlegungen steckte und vermute, dass die Familie im Spiel war.

Einerseits versuchte Pokhie mir zu vermitteln, dass sie sich nach dem Eingriff besser, schöner, fühlen würde. Andererseits wusste ich, dass ihr meine Zustimmung wichtig war.

Ich war und bin grundsätzlich gegen solche Operationen. Es mag Gründe dafür geben. Ich kann sie mir ernsthaft aber nur vorstellen, wenn durch eine Entstellung Menschen dermaßen darunter leiden, dass sie auf Dauer mental geschädigt werden. Dies war jedoch bei Pokhie absolut nicht der Fall. Ich bin standhaft bei meiner Überzeugung geblieben und habe ihr noch einmal klar gemacht, dass für mich solche Eingriffe unnatürlich sind, bei denen chemische Substanzen, Silikon, in einen gesunden Körper gepumpt werden. Nach meiner Einschätzung lassen sich Risiken nicht unbedingt vermeiden und zudem scheinen Langzeitfolgen bisher nicht gründlich erforscht.

Sie bestätigte mir noch einmal, dass sie eine Entscheidung gegen meinen Willen nicht treffen würde, aber ich habe auch gespürt, dass meine Argumente sie nicht restlos überzeugt haben. Im Laufe der Zeit hat sie das Thema immer mal wieder vorsichtig neu aufgelegt. Jedes Mal war das Hauptargument, dass dann mehr Kunden interessiert sein könnten. Eine Begründung, die sich nach und nach selber ad absurdum geführt hat.

Knapp sieben Wochen ist Pokhie in Thailand geblieben, eine Zeit, die mir unendlich lang vorgekommen ist. Ursprünglich wollte sie höchstens einen Monat bleiben. Aber ihre Sehnsucht war sehr groß und dies ist nun einmal ihre Heimat.

Dort kannte sie Bräuche und Sitten, dort lebte ihre Familie, was auch immer das für eine Familie sein mochte. Dort, sprachen die Leute die Sprache, die auch sie verstand. Dort musste sie nicht bei jedem Wort überlegen, wie es heißt, wie man es aussprechen und betonen muss.

Das Land, in dem man als Kind aufwächst, prägt jeden Menschen ganz besonders. Sollte es da Pokhie anders gehen als anderen, selbst dann, wenn ihr das Heimatland nicht das beste Leben angeboten hat?

Mir selbst ging es in jener Zeit, in der Pokhie nicht in Frankfurt war, schlecht. Ich war traurig, sie nicht zu sehen und sie nicht – ab und zu wenigstens – um mich zu haben. Wundert es da, dass es mich an die Orte zog, an denen ich zusammen mit ihr ein bisschen von ihrer Freiheit genossen hatte? Einer davon war das ‚Isaan'.

Als ich das Restaurant an einem Samstag kurz nach siebzehn Uhr betrat, glaubte ich zu spüren, dass ein Teil von mir nicht dabei war.

Patty stand hinter der Theke und zapfte Bier. Sie nickte mir zu, ich suchte einen Platz und sehnte mich danach, über Pokhie zu reden. Noch war das Lokal nicht voll besetzt, und bald kam die Wirtin an den Tisch, fragte, was ich trinken möchte und reichte mir die Speisekarte. Doch schnell ging sie wieder weg, um sich anderen Gästen zu widmen.

Als sie sich aber nach kurzer Zeit wirklich an meinen Tisch setzte, war ich dankbar. Sie brachte gleich das Gespräch auf Pokhie. „Hast du Kontakt mit ihr?" fing sie an, und ich begann zu erzählen.

Die wichtigste Botschaft, die sie mir später mit auf den Weg gab, lautete: „Pokhie ist zuviel mit Thai-Leuten zusammen. Du musst sie mehr unter deinen Einfluss bringen. Sie muss vor allen Dingen lernen, viel besseres Deutsch zu sprechen. Wenn sie wirklich mit dir leben will, dann muss sie auch neben dir bestehen. Sie muss repräsentieren können." Es waren genau die Worte, die in meine Überlegungen passten, und ich betrachtete es als Bestätigung, dass die Wirtin Pokhie diese Rolle zutraute.

Alles das war jedoch noch ein großes Geheimnis, das ich mit mir herumschleppte. Ich wollte und musste mich aber auch einmal mit jemanden darüber unterhalten, der mir vertraut war. Meine Familie schied zu der damaligen Zeit komplett aus. Mit normalen Bekannten kann man über so ein Thema nicht sprechen. Das ist nichts für einen Stammtisch. Wenn überhaupt jemand in Frage kam, war es meine Seelenfreundin Claudia. Mit ihr konnte ich mich seit Jahren über viele Dinge austauschen, die manchmal auch sehr persönlich waren.

So verabredeten wir uns bei einem Italiener in Neu-Isenburg, in einem Ambiente mit kleinen Essnischen. Als wir das Lokal gegen neunzehn Uhr betraten, war es noch ziemlich leer. Nach kurzem Zögern wählte ich einen Tisch in der Ecke des Raumes aus.

Wir nahmen Platz. „Hier habe ich schon einmal gesessen", eröffnete Claudia den Abend. „Ich habe genau an diesem Tisch meinem Freund gesagt, dass ich mich von ihm trennen werde." Dieses Gespräch war schon ein Jahr vorbei, doch Claudia schien es wieder frisch zu spüren. „Es gibt wahrscheinlich Orte, die Dramatik anziehen", dachte ich.

Nachdem wir dem Ober unsere Wünsche mitgeteilt hatten, sah mich Claudia neugierig und auffordernd an. Ich hatte es schließlich spannend gemacht und ihr vorher am Telefon mitgeteilt, ich müsse etwas Wichtiges mit ihr besprechen. Sie möge bitte Zeit mitbringen.

Ich weiß heute nicht mehr, wie schnell ich die notwendigen Worte zum Einstieg fand. Ich weiß nur noch, dass ich lange an einem Stück erzählt habe, Claudia sich Pokhies Bild in meinem Portemonnaie angesehen hat und mich manchmal der Kellner störte, obwohl er sich dezent verhielt. Claudia hat mir aufmerksam zugehört und hatte mehr als Verständnis für meine Empfindungen. Ich spüre heute noch die Wärme des Gespräches in mir. Am Ende unserer Verabredung meinte sie: „Pokhie scheint sympathisch zu sein."

Die Reaktion war, wie ich erhofft hatte, keine Vorurteile, keine Ressentiments, nur den Menschen als Menschen gesehen. Der Abend tat mir gut, auch weil ich weiß, dass es Claudias ehrliche Meinung war.

Endlich aber war es soweit. Pokhie kam zurück, an einem Samstagmorgen. Ich holte sie vom Flughafen ab. Kurz vor sieben Uhr kam sie durch die Sperre. Die Passkontrollen hatte sie problemlos überstanden, nur die Warterei am Gepäckband schien wieder endlos gedauert zu haben. Sie war müde und so fuhren wir zunächst in das Gallusviertel zu ihrem Mansardenzimmer, damit sie sich ausruhen konnte. Nachdem wir die ausgetretenen hölzernen Stufen des Treppenhauses hinaufgestiegen waren und den Raum im dritten Stock erreicht hatten, legte sie sich gleich auf das Bett, doch nach ein paar Minuten hätte sie gerne geduscht. Aber das Bad ist nur über einen Flur erreichbar. Weil wir jedoch aus den Nachbarzimmern Stimmen hörten, fühlte sie sich gestört und ließ ihr Vorhaben bleiben.

Ich beobachtete, dass sie sich unwohl fühlte. Auch schien sie Angst vor der Rückkehr in das Etablissement zu haben. Gleichzeitig aber drängte sie, bald dorthin zu kommen. Irgendwie wollte sie es hinter sich bringen. Das verstand ich.

Anderes verstand ich nicht. „Jeder muss sich nach so einem Flug und dem Jet-Lag von sechs Stunden doch erst einmal entspannen dürfen", ging mir durch den Kopf. Aber sogar das schien ihr nicht vergönnt. Zumindest hatte sie nicht die Ruhe, sich diese Pause zu nehmen. Einmal mehr nahm ich den Druck wahr, unter dem sie stand, einen Druck, den Menschen, die ihre Welt nicht kennen, nicht einmal erahnen können.

Vieles war für mich verworren, weil ich zu wenig wusste, um ihr Handeln nachvollziehen zu können. Es war, als ob Pokhie zwischen Mühlsteinen steht, die drohen, sie zu zermalmen. Sie konnte aber nicht Sand sein im Getriebe, sie war eher das Öl, mit dem solche Methoden und Machenschaften am Leben erhalten werden. Trotzdem oder gerade deswegen ist sie ein Mensch. Ein Mensch, der furchtbar leidet und den es zu schützen gilt, vor anderen und vor sich selbst.

„Was läuft im Hintergrund ab, welche Zusammenhänge spielen hier noch eine Rolle?" so überlegte ich. Wieder spürte ich, dass es noch Vieles gab, dem ich nachgehen musste, wenn ich sie besser verstehen und wenn ich etwas erreichen wollte.

Die Trennung

Ich war enttäuscht, weil ich gehofft und erwartet hatte, dass Pokhie nach der langen Unterbrechung mehr Zeit für mich haben wollte und würde. Doch nach zwei, höchstens drei Stunden machten wir uns auf den Weg zu ‚Oma'. Unterwegs erzählte ich, dass ich in einer Woche mit meiner Frau in den Urlaub fahre. „Oh", sagte sie, „vorher du aber noch Wohnung für uns besorgen." Das hatte sie also nicht vergessen – wenigstens etwas.

Nachdem wir angekommen waren und ihre Koffer ausgeladen hatten, sagte sie beim Abschied: „Du ruf mich morgen an, dann ich hab' Zeit." Das konnte stimmen, denn ich hatte gehört, dass die Concierge am nächsten Tag nicht anwesend sein würde. Solche Gelegenheiten nutzte Pokhie nach wie vor gerne aus.

Am Sonntagmorgen, gegen zehn Uhr klingelte überraschend mein Handy: „Hab' du jetzt Zeit?" hörte ich Pokhie mit unschuldiger Stimme fragen. „Dann mach kleinen Ausflug mit mir." Kurz danach fuhr ich los.

Auf dem Parkplatz am Haus musste ich nicht lange auf sie warten. Sie hatte von dem Küchenfenster aus immer einen guten Überblick nach draußen und konnte beobachten, wer dort ein und aus ging oder sein Auto parkte. Als sie vor das Haus trat, fiel mir der leichte braunrote Sommerrock auf, unter dem frech die Spitzen des angenähten Unterrocks hervorblitzten. Darüber trug sie ihren beigefarbenen Pullover. Sandfarbene Stiefeletten rundeten das hübsche Bild ab. Ihre rote Handtasche hatte sie unter den Arm geklemmt.

„Du mich fahren spazieren!" bestimmte sie. „Wohin?" „Egal, nur fahren". Das kannte ich bereits. Nur fahren, egal wohin.

Was mir bei diesen Ausflügen meist fehlte, war ein guter Einfall, wo die Fahrt hingehen könnte. Im Nachhinein muss ich zugeben, dass ich mich auf solche Bitten nie richtig vorbereitet habe. Ich glaube, heute würde ich das besser angehen und hätte den einen oder anderen Vorschlag in meinem Repertoire. Aber ohne Plan war es jedes Mal eine stümperhafte Improvisierung und wir fuhren so manches Mal tatsächlich einfach ziellos durch die Gegend. Dass selbst diese Fahrten für Pokhie oft eine Erlösung waren, ist ein anderes Thema. Schade ist einfach, dass ich solche Gelegenheiten nicht genutzt habe, um Interesse für neue Dinge bei ihr zu wecken.

Als wir diesmal auf der Heimfahrt die Autobahn von Friedberg kommend zurückfuhren, freute sie sich über die Frankfurter Skyline, die sich bei Bad Homburg imposant auftat. Wieder kommentierte sie die Aussicht mit: „Oh, sehr schön!" um mich aber im nächsten Moment noch an die Wohnungssuche zu erinnern: „Du hab' in Zeitung gesehen?" Ich musste sie erneut beruhigen und ihr sagen, dass das doch seine Zeit brauche.

„In Thailand geht viel schneller", beschied sie mir. „So", dachte ich, „sieh mal an, was du mir da erzählen willst." Gleichzeitig sah ich mit dieser Äußerung aber auch wieder ihr Misstrauen.

In gewisser Weise hatte sie mit ihrer Einschätzung vielleicht sogar Recht. Denn Wohnungssuche in Thailand ist wahrscheinlich nicht unbedingt einfacher, aber bestimmt auch nicht an so viele Vorschriften gebunden wie hier. Möglich, dass es dann wirklich schneller geht.

Zu dieser Zeit wusste ich noch nicht, wie unangenehm ungeduldig meine kleine Freundin werden konnte, wenn etwas nicht nach ihrer Nase ging. Und das mit der Wohnungssuche ging ihr ganz eindeutig nicht schnell genug.

Ich selbst wollte das Anmieten noch etwas hinauszögern, zumindest bis nach meinem Urlaub. Aber das sagte ich ihr nicht. Dennoch telefonierte ich ein paar Mal mit Immobilienmaklern um festzustellen, welche Wohnungen geeignet sein könnten.

Ein ‚kleines' Problem kam hinzu. Ich hatte zunächst angenommen, dass Pokhie das Appartement auf ihren Namen mieten wollte. Es stellte sich aber heraus, dass dies so nicht funktionieren konnte, denn bei amtlichen Stellen durfte nicht der leiseste Verdacht entstehen, dass hier vielleicht eine Scheinehe im Spiel ist. Genau das aber konnte passieren, wenn sie sich in Frankfurt einen weiteren Wohnsitz zulegen würde, während sie zugleich bei ihrem Mann gemeldet war, der in einer anderen Stadt lebt. Diese Bedenken brachte Pokhie hervor und stellte vor meine Überlegungen ein ‚Stoppschild'.

Das zeigte, dass ihre Überlegungen und ihr Verhalten auf die Gegebenheiten innerhalb ihres Milieus gerichtet waren, während ihr gleichzeitig das Verständnis für das reale und machbare Handeln entsprechend den Normen einer geordneten bürgerlichen Lebensweise fehlten.

Ich entschloss mich schließlich, die Wohnung später auf meinen Namen anzumieten. Aber zunächst würde ich noch Urlaub machen. Es war zwar nicht schön, schon wieder ohne Pokhie zu sein, doch wir hatten ja unsere Handys, tröstete ich mich, wohl wissend dass dies nur ein schaler Ersatz sein konnte.

Am frühen Samstagmorgen des folgenden Wochenendes fuhren meine Frau und ich los und wollten gegen sechzehn Uhr in Istrien in der Bungalow-Anlage sein.

Mit Bekannten, die wir ein Jahr zuvor kennen gelernt hatten, waren wir dort verabredet. Wie immer an diesem Ort, konnten wir auch diesmal ‚die schönste Zeit des Jahres' genießen und verbrachten die meisten Tage faul auf einer Liege unter schattigen Bäumen am Strand. Ließen uns das gerne unterbrechen durch den Gang zum Büffet oder eine kalte Dusche im Bungalow, oder wir nahmen das Schlauchboot und ruderten einige Meter auf das Meer hinaus.

Für alles Notwendige brauchten wir immer nur wenige Schritte. Vom Bungalow zum Kieselstrand waren es höchstens hundert Meter, von dort zum Restaurant vierzig oder fünfzig. Ein Lebensmittelladen mit den notwendigen täglichen Kleinigkeiten war in fünf Minuten zu erreichen. Manchmal jedoch strengten selbst diese kurzen Wege zu sehr an, und wir sehnten uns nach einem kühlen Getränk.

Auch bis zu dem malerischen Städtchen Umag, mit seinen vielen kleinen Geschäften und Flohmarktständen, waren es nur zehn Kilometer. Wer mehr Abwechslung brauchte, der fuhr gemütlich die Inselstraße weiter bis nach Porec. Wenn er von Kultur besessen war, besuchte er noch die Südspitze der Halbinsel, um in Pula das alte römische Amphitheater zu besichtigen oder er setzte dort über nach Brioni, der ehemaligen Sommerresidenz Titos, die heute auch als Tierreservat geschützt ist.

Aber solche Aktivitäten hatten wir schon hinter uns und so waren die größten Anstrengungen, die Spaziergänge mit Moritz, unserem Vierbeiner. Selbst dafür war es hier ideal. Zwar liebt Moritz die Hitze nun wirklich nicht, deshalb bin ich mit ihm meistens früh morgens oder in den Abendstunden Gassi gegangen, und konnte dabei am Horizont die glutroten Verschmelzungen von Sonne und Meer bewundern und in Ruhe davon ein paar Fotos machen.

Ich bin gerne diese Wege gewandert, hatte ich doch hierbei die beste Möglichkeit unbemerkt und alleine mit

Pokhie sprechen zu können. Ich war jedes Mal glücklich, wenn ich ihre Stimme hörte. Ihr ging es wohl ähnlich, denn ich sah oft auf meinem Handydisplay, dass sie angerufen hatte und nutzte dann die erste sich bietende Gelegenheit – Badehose wechseln, ein neues Kartenspiel aus dem Bungalow holen, etwas zu trinken besorgen – um möglichst schnell Kontakt mit ihr aufzunehmen.

Natürlich schrieb ich wieder eine Karte. Aber ich wollte ihr diesmal auch einen besonderen Gruß zukommen lassen und beauftragte Fleurop damit. Die Überraschung schien gelungen zu sein, denn sie rief mich am Samstagabend an und sagte sofort: „Blumen sehr schön." Sogar nach dem Urlaub, als ich sie das erste Mal wieder aufsuchte, deutete sie voller Stolz auf den Strauß, der immer noch in einem ansehbaren Zustand war.

Inzwischen wurde mir aber mit jedem Tag mehr bewusst, dass ich ein klärendes Gespräch mit meiner Frau führen musste. Ich vermutete zwar, dass auch sie den Wunsch nach einer Aussprache hatte, dass ihr aber genauso wie mir der Mut dazu fehlte. Auf der anderen Seite aber fürchtete ich eine Situation, in der ein Partner noch meint, die Ehe retten zu können – oder schlimmer, sogar glaubt, so dramatisch sei es doch gar nicht – während der andere alles nur noch wie ein Debakel empfindet. Endlose Diskussionen oder Besuche beim Eheberater, das brauchte ich nicht mehr.

Doch jetzt war diese neue Situation da, in der ich Klarheit wollte, wegen meiner Frau, wegen meinen Kindern, aber auch wegen Pokhie. Sie alle schienen es nicht verdient zu haben, weiterhin in diesem Dunkel herumzutappen, in dem jeder ahnte, dass irgendetwas nicht stimmte.

Es fiel mir trotzdem sehr schwer, das Gespräch zu beginnen. Ich meine, es war der erste Sonntag nach unserem

Urlaub. Wir saßen auf der großen und überdachten Terrasse hinter dem Haus. Es muss gegen Abend gewesen sein. Wir tranken Wein und hatten beide bestimmt schon ein paar Gläser davon. So fand das, was mir auf der Seele brannte, unkompliziert seinen Weg nach draußen und brauchte keinen langen Anlauf. Eigentlich sagte ich nur: „Ich habe eine Freundin, es ist eine thailändische Prostituierte." Meine Frau war nicht überrascht und schien kaum schockiert, dass es jemand aus dem thailändischen Milieu war.

„Ich habe mir so etwas gedacht, du warst im Urlaub oft wegen Kleinigkeiten verschwunden, wie sonst nie. Aber ich habe eigentlich vermutet, dass es Claudia ist." Und dann sagte sie, und es war eine wohltuende Erlösung nach all den dumpfen Heucheleien, die uns beide in den letzten Jahren umgeben hatten: „Unsere Ehe ist so kaputt, wie eine Ehe nicht kaputter sein kann."

Was hatte ich für endlose Grübeleien und schlaflose Nächte hinter mir aus Angst – wie sich jetzt herausstellte – vor einem Phantom. Und dann war alles ausgesprochen und geklärt in wahrscheinlich weniger als einer Minute. Dem Wein sei Dank.

Ich habe sehr schnell mit Pokhie im Beisein meiner Frau telefoniert und beide haben auch „Hallo" zueinander gesagt. Ich fand damals, dass dieses kurze Gespräch einfach sein musste. Die beiden Frauen haben dies allerdings wohl anders empfunden. Als ich mich am selben Abend noch mit Pokhie im ‚Isaan' traf, bemerkte ich keine Freude in ihr. Sie war eher betroffen. Fast hatte ich den Eindruck, sie sei verletzt. „Was hab' Du mit mir gemacht?" brachte sie hervor und meinte, das kurze Telefonat mit meiner Frau. Ich hatte wieder einmal etwas getan, was nicht in ihre Welt passen konnte. Es ging nicht, dass die

Ehefrau und die Freundin desselben Mannes offen miteinander reden können. Erst heute, nachdem ich mit Aung eine vergleichbare Situation durchlebt habe, bekomme ich langsam ein Gefühl dafür, was so etwas bei einer Thailänderin auslösen kann.

Das Leben in unserem Haus ging die ersten Tage nach diesem Gespräch weiter, als ob nichts geschehen sei. Der Rest der Familie war noch nicht informiert.

An einem Abend, drei, vier Tage später, betrat meine Tochter das Wohnzimmer, in dem ich alleine saß. „Hast Du einen Moment Zeit?" sprach ich sie an. An meiner Stimme und Gestik merkte sie, dass es etwas Besonderes gab. Sie legte die Einkaufstasche, die sie in der Hand hielt, auf Seite, zog den weißen Popelinmantel aus und setzte sich mir gegenüber erwartungsvoll hin.

„Deine Mutter und ich haben uns getrennt." Sie schien nicht überrascht. Sie hatte jenen Abend, an dem sie mich weinend erlebt hatte, wohl so interpretiert, dass ihre Eltern nur noch auf Zeit zusammenleben würden. Also nehme ich an, dass sie vorbereitet war. Außerdem sagte sie mir an diesem Abend: „Ich kenne niemand, bei dem Mama und Papa so verschieden sind, wie ihr." Ihre Reaktion war für mich und sicher auch für meine Frau sehr hilfreich. Es kamen keine Vorwürfe, keine sentimentalen Ausbrüche, ich erlebte, dass die neue Situation von meiner Tochter sehr vernünftig und vor allen Dingen auch neutral entgegen genommen wurde. Danke schön!

Wiederum ein paar Tage später habe ich mit unserem Sohn darüber gesprochen. Für ihn kam das vielleicht auch nicht überraschend, gleichwohl war es schwieriger für ihn, damit umzugehen. Er ist zwei Jahre jünger als seine Schwester, war damals achtzehn und noch wesentlich mehr ,Kind'. Ich bin sicher, dass er von allen Beteiligten am meisten zu leiden hatte und vielleicht noch hat. Und ich möchte ihm an dieser Stelle Abbitte leisten.

Generell habe ich daraus gelernt, dass das Leben an sich nicht planbar ist, weil immer wieder Ereignisse eintreten können, die alles das, was man sich vorgenommen hat, über den Haufen werfen. Aber man kann es auch positiv sehen und begreifen, dass mit ein bisschen Glück sich auch neue Chancen auftun können.

Ich dachte: „Sie ist frei!"

Pokhie wurde nun immer drängelnder in ihrem Wunsch nach einer eigenen Wohnung. Mal flehte und bettelte sie, ein anderes Mal wurde sie energisch, warf mir vor, dass ich gar nicht mit ihr zusammen sein wolle. „Du kümmer' Dich nicht um Wohnung", dieser Satz fiel öfter.

Die Wahrheit ist, ich hatte mir nur langsam Klarheit schaffen können, über die neue Situation in meinem Leben. Es ist ja nicht so, als hätte ich mir gerade ein neues Auto gekauft und mein altes sucht einen neuen Käufer. Doch auch um Pokhie machte ich mir Sorgen. Wie sollte es denn mit ihr weitergehen?

Mit der Concierge hatte ich gesprochen, das war das kleinere Übel. Diese bestätigte, dass Pokhie den Kontrakt bis auf eine geringe Summe abgearbeitet habe, und deshalb in kurzer Zeit frei sein könne.

Natürlich wollte ich, dass sie diese Arbeit nicht weiter ausübt. Aber ihr und mir war klar, dass sie schwerlich etwas anderes finden würde. Ich alleine konnte ihre Ausgaben nicht finanzieren. Denn die gemeinsame Wohnung kostete monatlich ein paar Hunderter, sie selbst brauchte auch etwas zum Leben und musste Geld zusätzlich nach Thailand überweisen. „Würde sie das in dem bisherigen Umfang noch können", ging es mir durch den Kopf. „Wie würde ihre Familie reagieren, wenn die Zahlungen nicht mehr so häufig kamen, sondern unregelmäßiger und vielleicht in kleineren Summen? Hatte Pokhie selbst genügend Abstand, um sich durchzusetzen?" Später bestätigte mir Aung: „It is tricky. I know, she has the duty." – Es ist problematisch. Ich weiß, sie ist in der Pflicht.

Ich hätte aus diesen und anderen Gründen gerne Rat und Hilfe angenommen, aber wegen Pokhies Scheinehe konnte ich offizielle Stellen nicht ansprechen. Das hätte die sofortige Ausweisung zur Folge gehabt, auch mit allen negativen Folgen für Pokhie in Thailand. Ich dachte eher an Vereine oder Hilfsorganisationen, die in dieser Richtung arbeiteten. So bin ich auf ein Plakat aufmerksam geworden, auf dem eine Telefonnummer für solche Fälle angegeben war. Als ich dort anrief, sagte man mir, dass man nur in den Heimatländern dieser Frauen tätig sei. Auf meine Frage, was ich in meiner Situation tun könne, bekam ich zur Antwort, ich möge mich an das Ordnungsamt wenden. Ausgerechnet dorthin, wo jedem halbwegs klaren Kopf einleuchtet, dass in solchen Ämtern nicht unbedingt die Menschen sitzen, die hier helfen können. Nicht weil diese nicht wollen, sondern, weil ihre Aufgabenstellung etwas anderes vorsieht.

Die Antwort war für mich unfassbar.

Um alle ihre ,Verpflichtungen' erfüllen zu können, blieb Pokhie zunächst nichts weiter übrig, als wie bisher Geld zu verdienen. Zu ihren Ausgaben zählten auch die Telefonrechnungen, die manche Monate kräftig zu Buche schlugen, weil sie regelmäßig nach Thailand telefonierte, da sie nicht wusste, wie sie sonst ihre Sehnsucht stillen sollte. Warum sie jedoch zwei Handys brauchte, ist mir nicht klar geworden. Wahrscheinlich ging es um Geltungsbedürfnis, die Hackordnung, innerhalb ihrer Szene. Ich hatte sowieso den Eindruck – und das Klischee schien sich in diesem Falle zu bestätigen –, dass die ,Rangfolge' ausnahmslos von Äußerlichkeiten wie Markenkleidung, Schmuck, Designerhandys und ähnlichem festgelegt wurde. Alles das kostete viel Geld, wenn davon Anerkennung abhängig war.

Eine weitere heftig sprudelnde Ausgabequelle waren Kosmetikartikel. In der ersten Zeit des Zusammenseins mit ihr, habe ich nie erlebt, dass Pokhie einen Discountladen betreten hat, wenn sie Drogerieartikel benötigte. Erst später akzeptierte sie preiswertere Einkaufsmöglichkeiten und fing an nachzudenken, wenn es um den Preis ging.

Neben dem finanziellen Problem, das sich endlos durch ihr Leben zieht, machte ihr ein anderer Umstand Sorgen. Durch ihre Scheinehe war sie erpressbar geworden. Sie war mit einem Mann verheiratet, der kurz nach der Eheschließung auf sonderbare Weise so krank wurde, dass er die ganze Zeit, in der Pokhie in Deutschland lebte, arbeitsunfähig war. Der Kerl brachte es außerdem fertig, dass ihr das zuständige Sozialamt einen Brief schrieb, und sie aufforderte, ihren Mann finanziell zu unterstützen. Das alles erreichte Michael M., ohne dass die Behörden dessen Rolle durchleuchteten. Da sie nicht bei ihm wohnte, hatte sie aufgrund der geschilderten Tatsachen zu Recht Angst, dass er ihr hinter dem Rücken Probleme bereiten könnte. Sie hatte Ängste, dass er beim Wohnungsamt, bei der Ausländerbehörde oder der Passstelle Dinge äußerte, die ihr schaden würden. Es war deutlich, dass Pokhie die schlimmsten Befürchtungen hegte, sobald sie an die Verlängerung ihres Visums dachte, das irgendwann im Jahr 2006 auslaufen würde.

Wenigstens kam ich bei der Wohnungssuche einen Schritt voran, weil ich beschlossen hatte, ein möbliertes Appartement zu suchen. Es gab dazu einige Adressen, wobei ich Pokhie die Wahl des Stadtteils überließ. Inzwischen hatte sie sich entschlossen, weit weg von der Feldbergstraße zu wohnen, weit weg von dem Ort, von dem sie so demütigende Erinnerungen behalten würde.

Nachdem die ganzen Umstände geklärt waren, und ich meine Bedenken vom Tisch geräumt hatte, ging es relativ schnell. Wir fanden ein Domizil nahe des Frankfurter

Stadtwaldes, in der Nähe einer Straßenbahnhaltestelle. Letzteres war für Pokhie wichtig. Tatsächlich leistete sie sich nur selten ein Taxi, zusammen mit Kolleginnen manchmal. Die meiste Zeit nutzte sie öffentliche Verkehrsmittel.

Das Haus, das ich ausgesucht hatte, schien vom Äußeren verwohnt. Die Briefkästen im Eingangsbereich waren nicht im allerbesten Zustand. Teilweise bröckelte der Putz von den Fassaden. Blaue Müllbeutel standen planlos herum. Aus diesen Säcken roch es manchmal. Aber ich hatte schon Schlimmeres gesehen. Im Haus selbst gab es einen Aufzug und die Flure schienen regelmäßig geputzt zu werden. Das konnte ich akzeptieren und machte einen Termin mit der Verwaltung für die Wohnungsbesichtigung aus und um die Formalitäten in Erfahrung zu bringen.

Als erstes war die Inneneinrichtung wichtig. Die Wohnung, die in den nächsten Tagen bezugsfertig gemacht werden sollte, hatte zwei Zimmer auf vielleicht fünfunddreißig Quadratmetern, mit einer kleinen Kochnische und einem Duschbad. Die Wände waren in Raufaser angelegt. Es gab Fernsehanschluss.

Alles wirkte freundlich und hell. Wenn wir zum Wohnzimmerfenster hinausschauten und über die Dächer Frankfurts blickten, konnten wir zu gegebener Zeit den Sonnenuntergang bewundern. Ich stellte mir das romantisch vor. Pokhie war begeistert. So etwas hatte sie in ihrem Leben noch nicht gehabt: Eine eigene Wohnung. „Hier schön!" sagte sie mehrfach. „In Ordnung", dachte ich, „dann wollen wir den Mietvertrag machen." Dies war nur noch reine Formsache und das Ganze war in zwanzig Minuten geregelt. Wir hatten jetzt Anfang August, ab dem 15. konnten wir einziehen.

Sie ist frei, jubilierte ich.

Doch: Denke nie gedacht zu haben …

Der Umzug war mit Hilfe von Freunden schnell erledigt. Sie hatte nicht viel. Ein Koffer war mit Kleidung, ein zweiter mit Geschirr, Toilettenartikeln und persönlichen Utensilien bepackt. Dann gab es noch einige Kartons mit Decken, Handtüchern und Kissen.

Der größte Karton aber, war bis zum Rand mit Plüschtieren gefüllt. Hasen mit Stummelschwänzchen und grossen Ohren, braune und beige Bären, eine unscheinbare Katze mit nur einem Auge, Mäuse, Tiger und Elefanten machten sich den engen Platz streitig. Allein dies zeigte, an was sich Pokhie manchmal klammerte.

Das war dann aber auch schon alles und konnte in einem normalen Caravan verstaut werden.

Allerdings ist so ein Umzug für eine Thailänderin eine hochdramatische Angelegenheit, denn – und sie machte mit ihrer Einstellung keine Ausnahme – alle anderen können das nicht.

Ich staunte, ließ sie jedoch gewähren und schluckte es runter, als sie sagte: „Du setz dich hin, ich kann besser. Du sonst stören."

Beim Einräumen in der neuen Wohnung merkte ich aber schnell ihr großes Geschick und ihren Sinn für Ordnung. Ich verstand, dass ich mit jemandem zusammen war, der auf einen aufgeräumten Kleiderschrank wert legte und bei dem es immer ordentlich aussehen musste. Selbst wenn ich absolut keinen Schmutz erkennen konnte, sagte sie manchmal: „Jetzt saubermachen." Das Bügeln, Putzen oder Aufräumen geschah später auch nachts und dauerte dann oft bis zum Morgengrauen.

Auch war es Pokhie äußerst unangenehm, wenn sie mit mir ausging und mein Hemd war ungebügelt. Mir machte und macht so etwas wenig aus, sie aber schämte sich.

Nach ihrer Vorstellung mussten solche Äußerlichkeiten in Ordnung sein. Ich weiß heute, dass Thaifrauen in einem schlechten Licht erscheinen, wenn sie nicht darauf achten, dass ihr Freund oder Mann ‚ordentlich' auftritt. Ein negatives äußeres Erscheinungsbild wird den Frauen angelastet und im Zweifelsfall stehen sie als Schlampen da, denen das Aussehen ihres Galans unwichtig ist.

Pokhies Sauberkeitswahn hatte vielleicht aber auch Gründe, die in ihrer Arbeit zu suchen waren. Es ist ja bekannt, dass Menschen, die schwere seelische Erniedrigungen erfahren haben, immer wieder versuchen, dies abzuwaschen. Ich vermute, dass das bei ihr ebenso zutraf und sich auch auf den Reinlichkeitswahn innerhalb der Wohnung übertrug.

Kurz nachdem wir in unser kleines gemeinsames Nest eingezogen waren, äußerte sie den Wunsch, mit ihrer Freundin und deren Mann nach Paris zu fahren. Da ich zu dieser Zeit keinen Urlaub bekommen konnte, hatte ich mir aber vorgenommen, zwei Tage später – freitags – nachzureisen. Als ich dann abends dort ankam, gingen wir zu viert aus. Es war ein gemütlicher Abend, solange, bis mir einfiel, ein kleines Parfümfläschchen hervorzuholen, um mich etwas frisch zu machen. Der Fehler war, dass ich nicht auf die Toilette ging, sondern dachte, dass kann ich auch unauffällig am Tisch im Lokal machen. Ich hatte die Rechnung ohne den Wirt – in diesem Fall ohne Pokhie – gemacht. Nach ihrem Gezeter und schmollenden Blicken kam ich mir vor wie ein Schwerverbrecher.

Ein anderes Beispiel für ihre Launen war, als sie mich ein paar Wochen danach von Aschaffenburg aus anrief, um mir mitzuteilen, ich möchte sie um Mitternacht am Frankfurter Hauptbahnhof abholen. Nur, als ich dort war, konnte ich keinen Zug auf den Fahrplänen erkennen, der noch aus besagter Richtung kommen sollte. Ich rief sie an, und sie erzählte, die Bahn habe Verspätung, würde aber in dreißig Minuten abfahren. Das hieß für mich, noch fast eine Stunde warten. Aber ich war müde und wollte ins Bett, denn ich musste am nächsten Morgen früh aufstehen. Als ich ihr den Vorschlag machte, ich könne jetzt losfahren, und sie abholen, entschied sie sehr bestimmt „Nein, du müde, du bleiben in Frankfurt, dort warten auf mich."

„Toll, das Mädel bestimmt gerne über Menschen, die das mit sich machen lassen", dachte ich. Aber auch nach einer Stunde war der Zug noch nicht angekommen. Ich rief wieder an und sie meinte: „Dauert immer noch halb' Stund." Jetzt war es mir egal, ich setzte mich ins Auto und fuhr los. Leider klingelte alsbald mein Handy: „Wo bist Du?" „Gleich in Aschaffenburg, bin bald am Bahnhof." „Ich jetzt Frankfurt" antwortete sie und legte auf.

„So ein Mist", murmelte ich vor mich hin und fuhr schnell zurück. Sie erwartete mich an Gleis 1 auf einer Bank. Schweigend stand sie auf, nahm ihre Handtasche und ging mit mir zum Wagen. An diesem Abend hat sie nicht mehr mit mir gesprochen.

Später hat mir Aung erklärt, dass das Schweigen nach Auseinandersetzungen wohl in der Kulturerfahrung und Tradition der thailändischen Frauen liegt. Auch sie konnte bei meinem ersten Aufenthalt in ihrer Familie manchmal einfach nicht mehr mit mir reden. Bis heute habe ich jedoch nicht verstanden, was an meinem Verhalten so ‚schwerwiegend' gewesen sein sollte, dass man es auf diese Weise bestraft.

Es ist genau das Gegenteil von dem, was ich für richtig halte. Gerade wenn man Probleme miteinander hat, sollte man sie ausdiskutieren. Um die thailändischen Verhaltensweisen in diesem Zusammenhang zu verstehen, werde ich noch lange brauchen und meine Lehrmeister müssen Geduld aufbringen, und ich muss Geduld mit ihnen haben.

Doch zurück zu Pokhie. Es kam in dieser Zeit öfter vor, dass wegen – nach meiner Meinung – absoluter Kleinigkeiten die thailändische Lady Reaktionen dieser Art zeigte, indem sie entweder wortlos aus dem Auto stieg und dann ihre eigenen Wege ging, oder mich nicht mehr beachtete und versuchte, vor ihren Landsleuten lächerlich zu machen. Umgekehrt jedoch war Kritik an ihrer Person absolut tabu.

Immer wieder schien sie mir zeigen zu wollen, wie gut und schön in ihrem Lande eigentlich alles ist und wie schlecht sie sich in Deutschland behandelt fühlt, meine Person damit eingeschlossen.

In denselben Zeitraum fiel auch ein Restaurantbesuch in Neu-Isenburg. Es war Sonntagnachmittag. Wir waren zu dritt, Pokhie, Mike, ein Bekannter von uns, und ich. Am Ende der Kennedyallee musste ich noch tanken. Als ich zum Bezahlen an den Aral-Shop ging, rief mir meine Freundin nach: „Bring Davidoff mit!" Sie meinte die Zigaretten.

Es dauerte an der Kasse ein bisschen länger als normal, weil die Verkäuferin noch eine Papierrolle am Belegdrucker wechseln musste. Endlich war auch das getan, ich konnte bezahlen und ging zum Auto zurück. „Warum du solange brauchen? Andere schon fertig", empfing mich Pokhie. „Es waren so viele Leute vor mir und die Kassiererin musste die Rolle am Drucker austauschen", versuchte ich zu erklären. „Du immer langweilig", war ihr Kommentar, bevor sie sich in Schweigen hüllte. Sie schwieg auch noch, als wir in Neu-Isenburg das Lokal betraten und an einem Tisch Platz nahmen, an dem schon ein paar Thailänderinnen warteten.

Ich war weiterhin Luft für sie, auch Mike war nicht interessant. Dafür unterhielt sie sich prächtig mit ihren Freundinnen. Das gute Essen konnte mir die verdorbene Laune nicht ersetzen. Als wir nach Frankfurt zurückfuhren, meinte ich, die Stimmung mit dem Messer schneiden zu können. Pokhie schmollte auf höchstem Niveau und stieg irgendwo in der Nähe des Hauptbahnhofs an einer roten Ampel aus, knallte die Wagentür zu und ging fort. Ich war inzwischen einiges von ihr gewohnt, aber das war ein absolutes Highlight.

Diese und andere aggressive Verhaltensweisen habe ich am Anfang immer sehr auf mich bezogen interpretiert. Ich kannte weder ihre persönliche Geschichte gut genug, noch war ich über Hintergründe ausreichend informiert. Doch nach und nach wuchs in mir die Vermutung, dass ihr Verhalten, ihre Aggressionen, vielleicht auch ein Protest gegen das Leben war, das sie führen musste und gezwungen war zu führen. Ich interpretierte es immer weniger als persönliche Gereiztheit. Aber manchmal dachte ich auch, dass sie sich vorgestellt hatte, ich solle in irgendeiner Weise anders funktionieren.

Die Tragödie war, dass ausgerechnet die neu gewonnene Freiheit große Probleme machte, denn Pokhie war urplötzlich und unvorbereitet selbst für ihr Leben verantwortlich. Sie konnte jetzt entscheiden, gehe ich arbeiten, gehe ich essen, gehe ich zu Douglas Parfum und Shampoo kaufen, oder will ich einfach nur fernsehen. Leider war dies Theorie. In der Praxis konnte sie mit der neuen Freiheit nichts anfangen. Sie war überfordert.

Es ist nicht einfach, für das eigene Leben verantwortlich zu sein, schon gar nicht, wenn man solche Erfahrungen hinter sich hat wie sie. Hinzu kam leider immer noch, dass ihr die Ratschläge aus dem Milieu viel näher, vertrauter und auch wichtiger waren als das, was ich ihr sagte. Ich möchte nicht wissen, wie oft ein neidisches Thaimädel Misstrauen gegen mich gesät hat, was dann auch noch auf fruchtbaren Boden gefallen sein könnte.

Am Anfang wünschte ich mir, ich sei ein Prinz und käme in einer goldenen Kutsche, gezogen von sechs Schimmeln, um sie dort herauszuholen. Später hoffte ich, ein anderer möge ihren Weg kreuzen und könne ihr all das bieten – nicht nur das Geld – was für sie lebenswert sein würde. Langsam begriff ich auch den Altersunterschied zwischen ihr und mir als Problem. Denn dadurch wurden die Gegensätze, die sich aufgrund von Bildung und Kultur auftaten, noch verstärkt. Ab und zu dämmerte mir also, dass ich auf Dauer mit ihr nicht glücklich werden könnte. Und sie konnte es dann auch nicht mit mir sein. Aber ich war damals und bin erst recht heute davon überzeugt, dass sie durchaus ein feiner Lebenspartner ist, wenn der Richtige ihr über den Weg läuft.

Auf jeden Fall war die erste Zeit in der gemeinsamen Wohnung mehr als schwierig, auch weil sich hier zwei Kulturkreise begegneten, die beide mit Respekt behandelt sein wollten. Ein Aspekt dabei war, dass die ‚Sache' mit dem Gesichtsverlust für mich damals noch ein ganz großes Rätsel war, während Pokhie mit dieser Tradition aufgewachsen ist. Umgekehrt gab es bestimmt auch auf meiner Seite Verhaltensweisen, die für Pokhie unverständlich waren und ihre Gefühlswelt verletzt haben.

Oft hatte sie zudem Besuch eingeladen und vermied so, alleine mit mir zu sein. Das machte es auch nicht einfacher. Ich spürte, dass ich nicht mehr an sie herankam. Aber warum? Sie bestätigte das: „Du nicht in mein Herz!"

Dazu passte auch, dass mein Plan, ihr besseres Deutsch beizubringen, scheiterte. Ebenso vermied sie es, sich mit mir in Thailändisch zu unterhalten. Viel konnte ich noch nicht sprechen, erst ein paar einfache Dinge. Übung hätte mir richtig gut getan. Also versuchte ich, teilweise über Privatunterricht, Bücher oder CDs, langsam Grundkenntnisse zu bekommen und die wichtigsten Redewendungen zu lernen. Dies gelang mir jedoch nur sehr bedingt. Auch weil es mir manchmal sinnlos erschien, denn Pokhie hat keine Anstalten gemacht, mir zu zeigen, dass ihr das gefällt. Ich hatte eher den Eindruck, ich solle nicht mitbekommen, was sie mit ihren Kolleginnen zu besprechen hat. Doch um diese Gespräche zu verstehen, hätte ich, weiß Gott, noch viel Übung benötigt.

Auch die Suche nach einem neuen Etablissement war nicht einfach. Was sie auch ausprobierte, das Ergebnis war oft gleich. Sie erzählte von Streitigkeiten und dass es an dem neuen Arbeitsplatz nicht ‚schön' sei. Sie meinte dann: „Dort dreckig, viel Unordnung." Manchmal beschwerte sie sich auch: „Keine Kunden."

Sie pendelte lange ziellos zwischen Aschaffenburg und Hanau, zwischen Bad Homburg, Frankfurt und Wiesbaden und konnte sich nicht entscheiden. Und wenn irgend jemand ihr zugeflötet hatte, dass man in Stuttgart im Moment viel Geld verdienen kann, erzählte sie mir, sobald wir uns das nächste Mal wieder sahen: „Ich vielleicht bald in ander' Stadt arbeiten." Für Pokhie war diese Unstetigkeit die reale Welt, die sie seit Jahren gewohnt war. Sie kannte keine andere.

Dennoch kamen in der Zeit unseres Zusammenseins immer wieder Sätze aus ihrem Mund, die versuchten auszudrücken, nach was sie sich sehnte. So sagte sie sehr einfach an einem Sonntagmorgen, als ich sie abholte, und sie die Tür zu der kleinen Wohnung zuzog: „Weißt du, immer wenn aus Wohnung gehe, blutet Herz."

Es passierte aber auch, dass sie sich eines Abends beim Abschied im Auto Hilfe suchend in meine Arme schmiegte und nicht mehr loslassen wollte. „Ich gleich Kunden, er immer dreckig, er macht schlimm mit mir. Danach mir schlecht, ich dann lange duschen", sagte sie leise mit belegter Stimme. „Bleib hier", versuchte ich sie zu überreden, doch unendlich langsam löste sie sich von mir, öffnete die Wagentür und stieg aus. Ihr Gesicht war nach unten geneigt, als sie in dem dunklen Hauseingang verschwand, der sie zu ihren Arbeitsräumen führte.

So zeigte sie mir, dass sie spürte, dass etwas falsch lief. Sie konnte das, was falsch war, aber nicht beschreiben. Ich sah zwar, wo der Fehler war und konnte versuchen, ihr den auch zu erklären. Ich konnte ihr aber nicht das Gespür dafür geben, was sie anders machen sollte. Genau das hätte sie gebraucht, um sich zu befreien.

Doch Gefühle lassen sich nur langsam verändern. Man kann sie niemandem erklären, niemandem einreden.

Gefühle müssen wachsen.

Die Liebe zu ihrer Oma.

Beim ersten Kennen lernen, das hatte ich bereits geschildert, hat Pokhie auf mich gewirkt, als sei sie mit ihren Gedanken weit weg.

Heute weiß ich, dass sie damals sehr traurig war, weil ihre richtige Oma zu dieser Zeit in Thailand gestorben ist, und Pokhie sehr gerne zu der Trauerzeremonie in die Heimat geflogen wäre. Später erzählte sie mir, sie habe damals kein Geld für den Flug gehabt. Ich kann mir heute aber auch vorstellen, dass man einfach an ihrer statt gegen diesen Wunsch entschieden hatte, so, wie ihr Lebensweg schon immer bestimmt worden ist.

„Stell für Oma etwas zu essen und zu trinken hin und gieß' die Blumen", so oder ähnlich waren Pokhies Worte, wenn sie für ein paar Tage unsere Wohnung verlassen musste. Das Bild ihrer Großmutter stand auf einer Fensterbank und nach buddhistischem Glauben muss man für das leibliche Wohl der im Diesseits Verstorbenen sorgen, sobald sie in dem anderen Leben angekommen sind. Zusätzlich wird oft noch ein Blumenstrauß hingestellt, damit der jetzt im Jenseits Lebende sieht, dass man gerne an ihn denkt. In diesem Sinne ist solch ein Aufbau eine kleine Andachtsstätte, die sich in vielen buddhistischen Wohnungen vorfindet. An bestimmten Tagen, bei speziellen Anlässen oder entsprechender Stimmung zünden die Hinterbliebenen Räucherstäbchen an und erweisen dem Hinübergewanderten mit dem Wai ihre besondere Verehrung und Aufmerksamkeit. So ging auch Pokhie mit dem Gedenken an ihre Oma um.

Warum sie diese Frau so achtet, blieb mir lange Zeit verborgen und ich dachte zunächst, es sei die normale Zuneigung einer Enkelin zu ihrer Oma. Eines Tages, in einem Moment, als sich Pokhie locker und entspannt fühlte, erzählte sie: „Oma mir sehr wichtig."

„Warum sagst du das", fragte ich zurück. Kaum hatte ich das so ausgesprochen, sah ich die Gewitterwolken auf ihrem Gesicht und korrigierte mich. „Ich meine, warum ist dir deine Oma so wichtig?" „Ich jetzt keine Lust mehr, du immer so komisch." Schmollend blieb sie in ihrer Ecke sitzen und gab mir wieder einmal die Schuld an ihrem Elend.

Ich weiß, ich hätte so nicht fragen sollen. Sie deutete das damals, als habe ich gesagt: „Warum erzählst du mir das. Es ist für mich nicht wichtig." Stattdessen hätte ich sie nur auffordern müssen: „Ich möchte mehr von deiner Oma wissen. Erzähl mir von ihr!" und sie hätte sich gefreut. Es sind Nuancen, die es einfach oder schwierig machen.

Inzwischen hatte ich aber auch gelernt, mit diesem Verhalten umzugehen. Ich wusste, dass es keinen Sinn machen würde, sie jetzt zu drängen und nachzufragen. Ich musste sie zur Ruhe kommen lassen. Manchmal waren es Stunden, die schweigend dahinflossen, manchmal dauerte es nur wenige Minuten. Die Situation änderte sich meistens ohne Übergang. Mit „Du weiß' schon, ich nicht hab' süßen Mund", nahm sie oft das Gespräch wieder auf und wollte damit sagen, dass sie erst einmal die Dinge ordnen musste, bevor sie wieder normal reagieren konnte.

„Du weiß' schon, ich nicht hab' süßen Mund", sagte sie also und sah mich herausfordernd an. Jetzt durfte ich nicht den Fehler begehen und mich in eine Diskussion mit ihr einlassen. Ich würde dem also mehr oder weniger zustimmen und auf das warten, was sie mir eigentlich mitteilen wollte.

An diesem Abend offenbarte sie mir: „Oma wollte nicht, ich so arbeiten." Sechs Worte.

Um die Tragweite dieser Aussage zu begreifen, brauchte ich Monate, und verarbeite diesen Satz auch heute noch. Zunächst war es eine einfache Erkenntnis. Da ist also irgendwo in Thailand darüber abgestimmt worden, ob Pokhie nach Europa zur Prostitution geschickt wird oder nicht, und die ganze Familie war dafür, sich diese Geldquelle zu sichern – nur ihre richtige Oma nicht. Ob Pokhie selbst dazu gefragt worden ist, konnte ich aber nie in Erfahrung bringen. Ich glaube, ich kann mir die Antwort ersparen.

Im Laufe der Zeit kristallisierte sich immer mehr heraus, dass die Verehrung ihrer Oma für Pokhie eine der wichtigsten Verpflichtungen in ihrem Leben überhaupt ist. Regelmäßig putzte sie den Bilderrahmen und säuberte die Fensterbank, auf der das Bild stand, und achtete streng darauf, dass die Verstorbene gut versorgt war. Ich bin mir sicher, dass die Achtung vor ihrer Großmutter und die herausragende Stellung, die sie ihrer Oma in ihrem Herzen einräumt, aus ihrem tiefsten Inneren kommt, weil sie spürt – nicht weil sie es begriffen hat – was diese Frau ihr ersparen wollte.

Ich nehme heute nicht mehr an, dass Pokhie freiwillig mit einundzwanzig Jahren nach Deutschland gegangen ist. Auch frage ich mich immer wieder, ob es wirklich ihr Wunsch war, das von ihrem Lohn noch übrig gebliebene Geld nach Thailand zu senden. Trotzdem, auch wenn es widersprüchlich erscheint, vermute ich, dass sie sich als Mitglied dieser Familie fühlt. Denn thailändische Familien halten über alle Grenzen hinweg viel enger zusammen, als wir Europäer uns das jemals vorstellen können.

Um das zu erkennen, habe ich auch deshalb Monate gebraucht, weil für mich am Anfang vieles nicht durchschaubar und bekannt war. So habe ich nicht gewusst, dass die Frau, die Pokhie als ihre Mutter bezeichnet, gar nicht ihre leibliche Mutter ist, sondern nur eine entfernte Verwandte. Ich habe nicht gewusst, dass Pokhie im Alter von zwei oder drei Jahren von ihrer richtigen Mutter an diese Frau abgegeben worden ist. Die einzige Blutsverwandte war tatsächlich ihre Oma und sonst niemand aus dieser Sippschaft. Aus Unterlagen, die ich bei Pokhies Papieren fand, konnte ich das herauslesen.

Die Tragweite dieser Zusammenhänge ist Pokhie wahrscheinlich bis heute nicht klar. Wie soll es für sie auch klar sein, denn jedem – jedem! – ist zunächst nur das einleuchtend, was er tagtäglich erlebt und als Wahrheit empfindet. Aber die Wahrheit fängt eben erst an, wenn sich zwei unterhalten und verschiedene Meinungen und Informationen zusammenkommen.

Nachdem ich diese Zusammenhänge erkennen konnte, habe ich versucht, Pokhies Gefühl für ihre Oma zu stärken, indem ich selbst aus eigenem Antrieb Blumen vor das Bild gestellt oder die Schälchen mit Reis und Wasser aufgefüllt habe, um auch meine Achtung deutlich zu machen.

Gleichzeitig wollte ich, dass Pokhie anfängt sich Klarheit über die Rolle ihrer Mutter zu verschaffen. Das jedoch hat sie gerne abgeblockt und geantwortet, als ich wieder einmal das Thema ansprach: „Ich weiß, du denk', Mama schlecht. Aber Mama nur arm, sie brauch' Geld."

Doch immer häufiger wurde mir bewusst, dass die Drahtzieherin und eigentliche Übeltäterin die so genannte Mutter ist, die aus dem Menschen Supatra die Dirne Pokhie gemacht hat.

In Thailand

Irgendwann im Spätherbst des Jahres 2004 saßen Pokhie und ich abends auf der Couch in unserem kleinen Wohnzimmer. Pokhie hatte gekocht, ‚Tom Yam Gung', thailändische Garnelensuppe, die ich auch später immer wieder gerne essen sollte. „Hat toll geschmeckt", lobte ich. „Ich rufen jetzt Mama an." Schon hatte sie zum Handy gegriffen und gewählt. Während solcher Telefonate hielt sie mir öfter den Hörer hin und sagte: „Sprich mit Mama! Sag ‚Sawadee khrab!'" Ich bemühte mich, aber wusste auch, dass es mit der richtigen Aussprache schwierig werden würde.

So erntete ich bei meinen ersten Gehversuchen in Thailändisch meistens nur ein freundliches ‚Hihi' oder ‚Haha' und drückte Pokhie den Hörer schnell wieder in die Hand. Aber ihr ging es bei diesen ‚Übungen' wohl auch nicht um Konversation, sie wollte wahrscheinlich nur einen wie auch immer gearteten Kontakt herstellen. So machte ich mir also in meinem Kopf ein Bild von einer Frau, die in der fernen Stadt Nong Bua Lamphu vielleicht jetzt gerade beim Abendessen sitzt oder in der Küche den Abwasch macht oder sich gemütlich eine Fernsehsendung ansieht. Was mit Sicherheit falsch war, denn wir hatten eine Zeitverschiebung von mehreren Stunden. In Thailand aß um diese Uhrzeit kaum noch jemand zu Abend. Es war schon längst nach Mitternacht dort. Aber soweit dachte ich noch nicht.

Wenn Pokhie diese Gespräche beendet hatte, sagte sie regelmäßig zu mir: „Mama sag', du freundlich."

Nach einem solcher Telefonate meinte sie: „Mama frag', du nächstes Mal mitkommen nach Thailand?" Dies passte bestens in meine Gedanken, denn die vielfältigen Probleme, die Pokhie mit sich herumschleppte, aber auch die undurchsichtige Rolle, die ihre Mutter spielte, all das führte dazu, dass ich mehr herausbekommen wollte. Ich wollte mehr Informationen von dieser Familie haben, ich wollte aber auch mehr wissen über Thailand, über die dortigen Lebensformen und über die Kultur. Kurz, ich wollte alles das, was im Leben von Pokhie wichtig war, näher kennen lernen. Der Wunsch, nach Thailand zu fliegen, um mir mein eigenes Bild zu machen, und wenigstens ein paar kleine Mosaiksteinchen in dem Puzzle besser zu verstehen, war also auch in mir selbst.

Nach vielen Diskussionen und Überlegungen beschlossen wir, den Februar des nächsten Jahres als Reisetermin ins Auge zu fassen. Ich würde dann zwei Wochen in Thailand sein. Pokhie wollte länger bleiben.

Zunächst aber stand erst einmal Weihnachten vor der Tür. Pokhie hatte ein Faible dafür, unsere Wohnung in feierliche Stimmung zu bringen. Keine buddhistischen Figuren, nein, es wurden deutsche, bunte Weihnachtskugeln gekauft und Kerzen und Lametta. Bald waren Türen und Fenster festlich geschmückt.

In der Vorweihnachtszeit verzierte ein kleiner Adventskranz unseren Tisch, zu Weihnachten selbst stand ein Weihnachtsbaum im Zimmer – mit elektrischen Kerzen. Pokhie war für das praktische. Ich hätte Wachskerzen stilvoller empfunden.

Am Weihnachtsfest aber war die Lady für mich nicht erreichbar. Sie hatte sich wieder einmal zurückgezogen und das Fest irgendwo mit ihren Freundinnen gefeiert. Meine Wünsche sind dabei auf der Strecke geblieben.

Kurz danach meldete sie sich: „Du fahr mit mir nach Österreich. Will in Schnee!" Wieder einmal war ein Wunsch von ihr leicht ausgesprochen. Die Tat mussten andere umsetzen. Dennoch freute ich mich, war das doch eine Gelegenheit, mit ihr ein paar Tage ungestört zu verbringen.

Wir fuhren am 28. Dezember nach dem Frühstück los und erreichten unser Ziel am Vorarlberg in den späten Nachmittagsstunden. Wir hatten Glück, noch ein vernünftiges Zimmer zu einem annehmbaren Preis in einer kleinen Pension zu bekommen.

Pokhie freute sich. Es war so, wie sie es erwartet hatte, alles lag herrlich verpackt unter einer weißen Schneedecke. Sie konnte es kaum abwarten, bis wir unser Zimmer bezogen hatten, der Schianzug übergezogen war, und es nach draußen ging.

Es war schon dunkel und die Weihnachtsbeleuchtung überall eingeschaltet, als wir vor die Tür traten. Schneeflocken sanken langsam zur Erde. Pokhie tanzte vor Freude auf der Straße. Sie hatte so etwas noch nie gesehen. Sie breitete die Arme aus und versuchte jede Flocke einzeln zu erhaschen. Schließlich bückte sie sich unvermittelt und warf Schneebälle nach mir. Ich versuchte sie zu erwischen, zurückzuwerfen und Pokhie einzufangen. Doch es ging den Berg hinauf und die Thailänderin war flinker.

Weder vorher noch nachher habe ich sie jemals wieder so gelöst und glücklich erlebt wie an diesem Winterabend in den Bergen. Sollte ich irgendwann einen Wunsch frei haben, dann möchte ich, dass diese Momente noch einmal zurückkommen.

Frankfurt hatte uns viel zu schnell zurück und die Reisevorbereitungen für Thailand nahmen immer mehr Zeit in Anspruch. Pokhie verbrachte Stunden damit zu überlegen, was sie alles mitnehmen könnte, und ich notierte das auf einer Einkaufsliste und merkte bald: Die wird viel zu lang.

„Sag mal", fragte ich sie, als sie wieder einmal mit riesigen Einkaufstüten nach Hause kam, „willst du das alles mitnehmen? Das wird doch nicht erlaubt." „Ich reden mit Thaifrau bei Check-In. Du wirst sehen", sagte sie kurz angebunden und resolut. „Außerdem kann' Du auch noch was in deinen Koffer tun."

Dies würde ja heiter werden. Wie sollte das gehen? Mit drei Koffern und fünfzig oder sechzig Kilo einchecken, ohne gewaltig nachzuzahlen? Es war mir unverständlich. Alles Reden, jede vernünftige Argumentation war umsonst. Pokhie behauptete „Ich nehm' das mit." Gegen diesen Satz hätten selbst Herkules oder Samson vergeblich gekämpft.

Doch als wir am Abflugtag ihr Gepäck aufgeben wollten, sah uns die Dame am Schalter nur mitleidig an. Denn tatsächlich waren es statt der erlaubten dreißig Kilo siebenundfünfzig. Selbst die großzügigsten Thai-Kontrolleure kannten kein Erbarmen. Knapp zehn Kilogramm mussten wir in meinen Koffer umpacken. Pokhie selbst verzichtete schließlich auf eine DVD-Anlage und einiges andere und durfte dann immer noch fünf Kilo mehr mitnehmen, als erlaubt war.

Aber dieses Verhalten scheint eine Eigenart der Asiaten zu sein, oder im asiatischen Raum gelten andere Bedingungen. Denn selbst mit Aung durfte ich später das gleiche Spektakel erneut erleben, als sie nach dem ersten Besuch bei mir Anfang August 2007 nach Hause fliegen wollte. Auch sie konnte nicht einsehen, dass man bestimmte Vorschriften einhalten muss. Trotz meiner Hinweise, schon Tage vor ihrem Heimflug, bestand sie darauf, sechzig Kilo mitnehmen zu dürfen. Überzeugt von sich selbst, meinte sie kurz bevor wir am Check-In an der Reihe waren: „Let me go alone to the counter. I will do it by myself." – Lass mich alleine zum Schalter gehen. Ich werde das selbst klären. Doch auch Aung scheiterte kleinlaut und musste die Hälfte ihres Gepäcks bei mir zurücklassen.

Aber wir befinden uns noch im Jahre 2005, genau am 9. Februar. Wir stehen am Frankfurter Flughafen, es ist kurz nach Mittag. Um fünfzehn Uhr wird die Maschine abfliegen, und ich musste vorher den dritten Koffer zurück in die Wohnung bringen. Ich habe es irgendwie geschafft.

Endlich saßen wir im Flugzeug in der Economyklasse und hatten den Flug vor uns. Die Verpflegung war gut. Es gab zweimal Essen mit der Wahlmöglichkeit zwischen einem europäischen und einem thailändischen Gericht. Trinken konnten wir, was wir wollten, Wein, Bier, Säfte und wer Lust hatte auch Cognac oder Whisky, Kaffee und Tee sowieso. Aber schlafen oder auch nur ausruhen? Für mich war das reine Fehlanzeige. Immer wieder habe ich mich von einer Seite auf die andere gedreht. Mal streckte ich die Beine aus, fünf Minuten später zog ich sie wieder an. Mal lehnte ich mich links an die Armlehne, mal stützte ich meinen Ellenbogen rechts auf. Etwa nach sechs Stunden dachte ich: „Hoppla, nimmt der Flug kein Ende?" Doch von Frankfurt nach Bangkok dauert es elf Stunden. Und die werden anscheinend mit zunehmender Flugdauer immer länger.

Als die Boeing schließlich in Bangkok aufgesetzt hatte, war es gerade sechs Uhr morgens Ortszeit, und mir fiel auf, dass ich unrasiert war. Ich liebe es nicht, einen Tag so zu beginnen. Jetzt aber stand die Maschine, und ich hatte anderes zu tun, als mir über mein Aussehen Gedanken zu machen. Nach und nach erhoben sich die Passagiere von den Sitzen, klappten die Kabinenfächer auf und suchten ihr Handgepäck zusammen, manche langsam, andere hatten es eiliger. Pokhie und ich, wir ließen uns Zeit und reihten uns spät in die Schlange ein, die der Bordtür zustrebte. Als ich auf die Treppe trat und zu dem wartenden Bus hinabsteigen wollte, kam der Schock in Form dieser unsichtbaren Wand. Sie war stickig und warm, sie war schwül und sie nahm mir fast die Luft weg. Dass mir Bangkok auf diese Weise den Atem rauben würde, hatte ich nicht erwartet, und mein Körper reagierte sofort mit entsprechenden Schweißausbrüchen.

Aber jetzt stand ich auf dem Boden dieses stolzen Landes, dessen ursprünglicher Name Siam im Jahre 1939 in Thailand, das Land der Freien, umbenannt worden ist, ich nehme an, weil diese Nation nie Kolonie war.

Ich war schweißnass gebadet, als wir in den Shuttle-Bus einstiegen und nach ein paar Minuten langsam auf das Hauptgebäude zurollten. Die erste Uhr erinnerte mich, dass ich auf meiner die Zeit umstellen musste.

Doch dann konnten wir aussteigen und gingen die endlosen Wege, die man anscheinend auf jedem Flughafen der Welt zu gehen hat, wenn man in ein Land einreisen möchte. Kurz vor der Passkontrolle nahm mich Pokhie zur Seite: „Du mir helfen, bitte", und sie hielt mir ihr Einreiseformular unter die Nase.

Stimmt, sie konnte ja auch die thailändischen Zeichen nicht richtig lesen. Arme kleine Frau …

Die Kontrollen dauerten gar nicht so lange und bald standen wir am Gepäckband und warteten, bis unsere Koffer nach und nach eintrudelten.

Ich war stolz, einen thailändischen Stempel in meinem Reisepass zu haben. Damals ahnte ich keineswegs, dass sich innerhalb der nächsten vierundzwanzig Monate nach und nach acht solcher Einreisesiegel in diesem Dokument vorfinden würden.

Als wir schließlich in der großen Halle des Ankunftsbereichs waren, dauerte es nicht lange, bis Pokhie ihre Familie entdeckt hatte. Etwa zehn, zwölf Thai-Leute kamen auf uns zu und begrüßten sie, so kam es mir vor. Mich nahm man eher als unvermeidliches Übel zur Kenntnis. Vielleicht war ich auch nur müde. Ich erinnere mich aber deutlich, dass nur Pokhies Onkel Najud mir die Hand gab und dabei auch ein paar Brocken auf Englisch sagte. Ich spürte, dass Najud stolz darauf war. Später sagte mir Pokhie: „Najud Ingenieur."

So stand ich etwas verloren herum und wartete vergeblich, dass auch ich in die Begrüßung einbezogen wurde. „Andere Länder andere Sitten oder nur ziemlich ungebildet, um nicht zu sagen unhöflich", dachte ich und lernte später, dass auch Begrüßungen anders ablaufen und andere Bedeutungen haben, als in westlichen Ländern. Was mir unhöflich vorkam, war überwiegend traditionelles Verhalten, für einen Westler nur zu verstehen, wenn er sich länger mit diesem Lande befasst.

Pokhie hatte mir gesagt, wir wären sehr schnell in ihrer Wohnung: „Fünf Stunden fahren, alles Autobahn." Ich wusste jedoch, das stimmt nicht. Für die sechshundert Kilometer würden wir mit Pausen gut und gerne zwölf Stunden brauchen.

Drei Dinge sind mir von dieser Fahrt nach Nong Bua Lamphu in Erinnerung geblieben.

Erschütternd war folgendes. Pokhie hatte von einigen Bildern, die sie im Internet zeigten, auch Fotoabzüge. Ich konnte es nicht glauben, als sie jetzt während dieser Fahrt genau diese anzüglichen Fotos herumgehen ließ und sich so ihrer Familie präsentierte. Für jeden Menschen, der in einer nur halbwegs geordneten Umgebung aufgewachsen ist, ist dies undenkbar. Kein normaler Mensch aus hiesigen Breitengraden käme auf den Gedanken, dies im Verwandtschaftskreis zu tun. Aber für Pokhie war selbst diese Zurschaustellung etwas Selbstverständliches.

Wieder verhielt sie sich widersprüchlich. Mir fiel erneut die Szene beim Eiskauf ein, als sie sich schämte, weil sie keinen Büstenhalter trug.

Musste sie vielleicht mit ihren Bildern beweisen, dass sie in ihrer Arbeit fleißig war und nichts unversucht ließ, um Erfolg zu haben und an Geld zu kommen? Es könnte so gewesen sein.

Es war gut, dass ich bald auf andere Gedanken kam, weil wir unsere Fahrt mit einer Rast an einem kleinen See mit Mini-Wasserfällen unterbrachen. Pokhie sprang sofort in voller Kleidung in das Wasser und ein, zwei jugendliche Freundinnen, die sie auch abgeholt hatten, taten es ihr gleich. Innerhalb kürzester Zeit befanden sich die meisten Mitreisenden im See. Badehosen, Badeanzüge brauchte man nicht. Die Kleidung trocknete auch am Leib wieder sehr schnell.

„Komm mit in Wasser", rief mir Pokhie zu, „ist sehr schön. Tut gut." Das glaubte ich ihr zu gerne und so verschwitzt, wie ich mich noch immer fühlte, wollte ich auch mitmachen. Aber ich hatte Bedenken, weil meine Bauchtasche mit Scheckkarte, Reiseunterlagen und Pass dann unbeaufsichtigt herumliegen würde.

Pokhie erriet meine Gedanken: „Mama passt auf Tasche auf", sagte sie, ohne dass ich einen Satz gesagt hatte. „Zieh jetzt Hose aus und komm in Unterhose hier rein. Mach schon, ist schön hier. Wie Bad in Hotel." Nun ganz so vornehm war es dann doch nicht, aber recht hatte sie dennoch. Es war erfrischend und angenehm kühl.

Die Thais hatten keine Eile nach Hause zu kommen. Die Uhren ticken anders in diesem Land. Man hat zwar meistens keine vernünftige Arbeit – wenigstens in dieser Familie, die ich noch kennenlernen sollte, nicht. Aber dafür hat man Zeit. Man trinkt Whisky schon am Vormittag – wieso eigentlich? – und fährt mit dem Auto in diesem Zustand und nimmt alles nicht so verbissen ernst.

Wir haben lange Rast gemacht und meine durchnässte Kleidung hatte Zeit genug, um an meinem Körper wieder zu trocknen. Endlich aber brachen wir auf. Als wir noch einen kleinen Umweg zum Flughafen von Khon Kaen machten, war mir zunächst nicht klar, was wir dort wollten. Doch als die Gruppe in der Empfangshalle zielstrebig einen Bankschalter anlief, ahnte ich, was jetzt wohl kommen sollte. Es ging um das Geld, das Pokhie aus Deutschland mitgebracht hatte. Ganz ungeniert, nahm die Mutter Pokhies Handtasche, öffnete sie, holte das Portemonnaie mit den Euroscheinen heraus, zählte diese vor unseren Augen und ließ sie am Schalter in thailändische Baht umtauschen. Ich habe nicht gesehen, dass sie Pokhie etwas zurückgab.

Sauber gelöst.

Erstaunt war ich auf dieser ersten Fahrt quer durch Thailand über die vielen Buddhastatuen und Abbildungen der Königsfamilie, die immer wieder links und rechts der Straße aufgestellt waren. Auch die angedeuteten Verneigungen meiner Mitfahrer im Vorbeifahren überraschten mich immer wieder. Die meisten Thais sagen, dass sie stolz darauf sind, einen guten König zu haben. Allerdings kommt in diesen Aussagen auch das Schicksalhafte durch, das Ergebene. Also Gott sei Dank ist der König gut, aber wenn er schlecht wäre, könnten wir auch nichts daran ändern.

Für engagierte Mitteleuropäer ist diese Gedankenwelt unglaublich und nicht nachvollziehbar. Unsere Einstellungen, unsere Erfahrungen sind anders. Wir wissen und können das aus der Geschichte reflektieren, dass wir viele unserer Errungenschaften erkämpft haben. Und dies kann auch in Zukunft passieren, so denken wir.

Das sieht man in Thailand anders. Wenn ich ein schlechtes Leben führen muss, so denkt der Thailänder, dann muss ich büßen für Dinge, die ich in dem Leben vorher schlecht gemacht habe. Und wenn ich jetzt ein gutes Leben führe, dann habe ich im Leben vorher eben Dinge getan, für die ich jetzt belohnt werde. Aber jemand, dem es schlecht geht, dem muss ich nicht zwangsläufig helfen, denn er will für seine bösen Taten in dem vorherigen Leben Buße tun. Also würde ich ihm vielleicht sogar schaden, wenn ich ihm helfe. Aber umgekehrt geht die Argumentation auch: Wenn ich dem armen Sünder helfe, tut er mir etwas Gutes, weil ich durch meine Unterstützung dann eine gute Tat vollbringen darf. Also muss ich ihm auch in diesem Fall dankbar sein.

Das bedeutet, dass es dem normalen Thai-Bürger gar nicht in den Sinn kommen wird, an seiner Situation Grundlegendes zu verändern, weil alles mit Ereignissen aus dem vorherigen Leben erklärbar ist. Doch das kann man im jetzigen Leben leider nicht mehr beeinflussen.

Man kann also faul sein, es ist egal. Umgekehrt ändert sich auch nichts daran, wenn man fleißig ist und sich anstrengt, denn dies würde im Zweifelsfalle nur dem nächsten Leben zu Gute kommen. „Aber", denken die Thais und meinen sie sind schlau „wir leben heute und bis zum nächsten Leben kann noch viel passieren."

Menschen wie Pokhie, die felsenfest an diese Erklärungen glauben und dieser Lebenseinstellung folgen, haben damit noch geringeren Antrieb, aus diesem Kreislauf auszubrechen.

Als wir endlich am Ziel eingetroffen waren, wurde es schon dunkel und ich war sechsunddreißig Stunden auf den Beinen. Doch auch hier warteten weitere Familienmitglieder und Nachbarn, die zum Teil neugierig aus der Umgebung dazugekommen waren, weil sie den Farang – den Ausländer –, den Pokhie mitgebracht hatte, begutachten wollten.

Für Pokhie war die neuerliche Begrüßungszeremonie nichts Besonderes, denn sie war ja mit ihrer Familie vertraut, mit den Gepflogenheiten, mit allem, was die Situation erforderte. Ich stand, wie am Flughafen, wieder hilflos herum, musste dennoch ein freundliches Gesicht machen. Öfter aber ging das schief, weil mein aufgesetztes Lächeln verkrampft wirkte. Pokhie interpretierte das jedes Mal so, als sei ich mürrisch, oder möge ihre Familie nicht.

Von Pokhies Haus war ich überrascht. Ich hatte mir alles etwas anders vorgestellt. Ich wusste, dass Nong Bua Lamphu eine größere Stadt ist und dachte, wir würden dort wohnen. Aber in Thailand ist das so: Wenn jemand sagt, er wohne in Nong Bua Lamphu oder den Namen einer anderen Provinzhauptstadt nennt, dann meint er nicht zwangsläufig einen Ort damit, weil die gesamte Region so heißt. Es wäre, als würde man in Deutschland mit dem Namen Wiesbaden sowohl die Landeshauptstadt als auch das Bundesland bezeichnen.

Pokhies Haus befand sich also nicht in der Stadt Nong Bua Lamphu sondern stand am Rande eines kleinen Ortes in der Provinz. Von außen sah das Gebäude aus wie eine lang gestreckte Doppelgarage, deren Haupteingang durch ein Sektionaltor geschlossen werden konnte.

Das tägliche Leben fand hauptsächlich in einem Raum statt, dessen Inneneinrichtung überwiegend aus Regalen bestand und damit sehr funktional war. Möbel im europäischen Sinne oder Wohnkultur gab es nicht, wohl aber Fernsehapparate, CD- und DVD-Player, natürlich Geschirr und Töpfe. Tische oder Stühle waren nur als Notbehelf vorhanden.

Gegessen wurde meistens gemeinsam und häufiger als wir es von Europa gewohnt sind. Das übliche Essensritual war so, wie ich es auch bei späteren Besuchen in Thailand bei anderen Familien wieder erlebt habe. Es fand meistens im Eingangsbereich des Hauses statt. Bevor man sich zum Essen niederließ, wurde dort der Boden mit einem Besen sauber gefegt, dann Teppiche oder Bastmatten ausgebreitet und Speisen und Getränke darauf gestellt. Hauptsächlich werden Stäbchen benutzt, für Suppe gibt es Löffel, während als Hilfsinstrument eine Gabel dient. Ein Messer fehlt meistens. Zu jeder Mahlzeit wird Reis angeboten, so wie wir ihn von Europa kennen, aber auch als Klebereis, der mit den Fingern aus einem Weidenkörbchen genommen und mit Soße, Fisch, manchmal auch Fleisch zusammengeknetet wird. Daneben findet man immer wieder – besonders im Isaan, also den nordöstlichen Provinzen Thailands – Dinge, vor denen wir Europäer uns ekeln.

Hauptsächlich in den ärmeren Gegenden Thailands ist es üblich, Raupen, Larven und Käfer zu essen. Ich habe viele Stände auf den Märkten gesehen mit diesem Angebot. Sogar die Regierung in Bangkok hat die Bevölkerung im Frühjahr 2005 aufgerufen, Insektenlarven zu sammeln und zu verzehren. Es wurde damit begründet, dass diese Nahrung sehr eiweißhaltig und gesund sei und solche Tierchen dann wiederum den Pflanzen nicht soviel schaden werden. Ich konnte mich allerdings bis heute nicht überwinden, diese Nahrung wissentlich auszuprobieren.

Der Schlafbereich in Pokhies Haus war in einem Durchgangszimmer, das man auch als Flur bezeichnen könnte.

Hier hingen Hängematten an den Wänden, die man nachts mit dem anderen Ende an der gegenüberliegenden Wand befestigen konnte und so in Schlafposition brachte. Eigentlich ein ganz praktischer Einfall. Darüber waren Netze gespannt, so gab es Schutz gegen Moskitos und andere Quälgeister.

Etwas anders war Pokhies Zimmer eingerichtet. Es gab ein richtiges Bett, auch einen Kleiderschrank und eine Kommode. Vor allen Dingen aber hatte dieser Raum ein Klimagerät.

Wie gesagt, ich hatte eine andere Vorstellung im Kopf und an eine Mietwohnung in einem Mehrfamilienhaus gedacht. Wie sehr man sich täuschen kann, wenn man nur nach seiner Vorstellung aufgrund der gesprochenen Worte geht, wurde wieder einmal deutlich.

„Wir jetzt gleich essen, du aber erst noch duschen", bestimmte Pokhie kurz nach der Ankunft. „Dusche dort", und sie deutete auf eine Holztür, wie man sie heute nur noch selten an Schuppen oder Ställen in ländlichen Gegenden von Deutschland vorfindet.

Ich holte also mein Handtuch, nahm meinen Toilettenbeutel und ging in die Dusche, in der Erwartung, in etwa die Verhältnisse einer ‚Keine-Sterne-Pension' in Mitteleuropa vorzufinden. Mein Optimismus sollte Lügen gestraft werden. Es gab kein Waschbecken, keine Toilette, auf die man sich setzen konnte. Nicht einmal Papier war vorhanden. Doch hatte ich in weiser Vorahnung ein paar Tempotaschentücher eingesteckt…

Nach europäischer Zeitrechnung war dieser kleine Raum bestimmt hundert Jahre zurück. Wasser befand sich in einem Steinbottich und konnte – Wunder der Technik – über eine Leitung aus Plastikrohren frisch aufgefüllt werden. Eine Blechdose schwamm in dem Bottich auf dem Wasser und diente als multifunktionale Schöpfkelle, und damit als Duschgerät und zur Toilettenspülung.

Wenn man auch sagen muss, dass es in der ersten Zeit gewöhnungsbedürftig war, so soll man aber auch betonen, es war sauber. Einem verwöhnten Europäer schadet es nichts, wenn er am eigenen Leib erfährt, wie zwei Drittel der Menschheit leben müssen, und viele davon diese Zustände gar noch als Luxus bezeichnen würden.

Das Leben in der Familie war für mich, wenn wir nicht gerade Ausflüge machten, zunächst langweilig. Ich hatte mir zwar etwas zum Lesen mitgebracht, aber das war in diesem Haus eher nicht üblich, und fast jeder sah mich erstaunt an, wenn ich ein Buch zur Hand nahm. Immer kam dann ein anderer und tat besorgt, weil er dachte, dass ich mich nicht wohl fühle.

Auch hatte ich mir vorgestellt, ein bisschen Thailändisch lernen zu können. „Mein Bruder dir helfen, er sehr schlau. Er auch englisch gut." Das hatte mir Pokhie in Deutschland zu diesem Thema noch gesagt. Darauf hatte ich mich gefreut. Das Dumme war nur, der Bruder hatte keine Lust. Da war schon eher ihr Onkel Najud interessiert, der versuchte, mir ein paar Brocken beizubringen. Aber das ist ebenso bei Ansätzen geblieben, wie auch mein Bemühen, sein Englisch zu verbessern.

Während die meisten Familienmitglieder mit meiner Anwesenheit nicht besonders viel anfangen konnten, gab es zwei Personen, die sich auffällig anders verhielten. Zum einen war da Pokhies Schwägerin, eine junge, hübsche Thailänderin, die gerade ihr erstes Kind geboren hatte. Mit dieser Frau habe ich nicht ein einziges Wort während meines Aufenthaltes gewechselt. Ich meine mich zu erinnern, dass sie kaum zurückgegrüßt hat, wenn ich ‚Sawadee khrab' – Guten Morgen – oder ‚Non lap wan di' – Gute

Nacht – oder ähnliches in die Runde gesagt habe. Ihr Verhalten hat mich wieder und wieder beschäftigt, und ich wollte besonders freundlich zu ihr sein. Doch sie sah durch mich hindurch, als sei ich Luft. Was hatte ich ihr angetan? Später habe ich erfahren, dass auch sie ‚auserwählt‘ war, nach Deutschland zu gehen und dort anzuschaffen. Ich kann mir heute denken, dass sie ebenfalls diese Reise nicht freiwillig antreten wollte. Möglich, dass sie gedacht hat, ich sei der Vermittler. Das würde einiges erklären.

Ganz anders verhielt sich Pokhies Onkel Naliengh. Er kümmerte sich rührend um mich. Wahrscheinlich hat er auch meine Unsicherheit gespürt und versucht, mir zu helfen.

So zum Beispiel, wenn wir uns zum Essen im Schneidersitz auf den Boden gesetzt haben. Die Thais sind nämlich davon überzeugt, dass der unreinste Körperteil die Füße sind, und sie wollen damit nicht auf andere Personen deuten. Deshalb nehmen sie diese, für uns ‚zivilisierte‘ Europäer unbequeme, Haltung ein. Ich habe viele, auch sehr alte Leute, gesehen, die auf diese anstrengende Art jeden Tag gegessen haben. Thai-Traditionalisten gewähren ein außerordentliches Privileg, wenn sie zulassen, dass Gäste sich anders hinsetzen dürfen. Naliengh hat oft mit einem Kissen oder ähnlichem dafür gesorgt, dass ich es bequem hatte.

Wenn ich nicht wusste, wie ich manche Dinge essen sollte, nahm sich Naliengh ein Stück, bereitete es vor und legte mir ein zweites auf meinen Teller, so dass ich es nachmachen konnte. ‚Learning by doing‘ nennt man das.

Im Übrigen waren die Speisen für europäische Verhältnisse meistens übermäßig scharf, in aller Regel nicht salzscharf, wohl aber hatten sie die Schärfe von Kirschpaprika oder Chili, manchmal auch Curry. Oft genug konnte ich es überhaupt nicht definieren. Nur mein Gaumen beschwerte sich und meinte, es sei zuviel. Es erinnerte mich an manche Gerichte im ‚Isaan'.

Ich war dankbar, dass sich Naliengh immer wieder Zeit für mich nahm. Einmal ließ er mich auf dem Soziussitz eines Mopeds mitfahren, um mir einen nahen Park, in dem eine Ausstellung war, zu zeigen. Bei dieser Gelegenheit hat er mir auch gesagt, wie die Tiere genannt werden, die auf den Fotos abgebildet waren. So weiß ich heute, dass die Schlange ‚ngu', der Tiger ‚söa', der Elefant ‚dschang' und das Krokodil ‚dschorake' heißen. Ich habe mich damals sehr bemüht, das nachzusprechen, was ich gehört habe. Es klang aber sehr fremd und war schwierig für mich. Auch wenn ich meinte, jetzt habe ich es geschafft, musste Naliengh oft lachen. Ich wusste dann, es war wieder nichts.

Wenn wir Ausflüge an Seen, zu den Naturparks oder auch einmal über den Mekong nach Laos machten, war er meistens dabei, oft als Fahrer, obwohl er keinen Führerschein besitzt. Im Falle einer Routinekontrolle konnte man das in der Regel auf thailändische Art lösen und wieterfahren. Ist klar, wird man sagen, Thailand und Korruption gehören zusammen. Man sollte aber nicht vergessen, dass solche Handlungen auch in unseren Breitengraden üblich sind. Wer schon einmal über den Autoput nach Griechenland gefahren ist, kann das vielleicht bestätigen.

Einmal kamen wir allerdings an einen richtigen Kontrollpunkt und beobachteten, dass sich alle Fahrer vor uns, ausweisen mussten. Wenn ein Fahrzeug auffällig erschien, wurde es nach links – in Thailand ist Linksverkehr – hinausgewunken. Ich bemerkte, dass Naliengh nervös wurde. In dieser Situation übernahm Pokhie die Regie:

„Ich klären das", sagte sie zu mir. „Ich sagen, Du gefahren, aber Du jetzt müde, deshalb jetzt Naliengh fahren." Und Pokhie setzte sich in Position. Ich würde mich auf dieses Spiel einlassen. Ich hatte meinen internationalen Führerschein dabei und konnte notfalls auch ein paar Kilometer weiter fahren, obwohl mir vor dem Linksverkehr graust. Tatsächlich hatte ich zu dieser Zeit meinen ersten, kurzen Fahreinsatz in Thailand schon hinter mir.

Aber die Situation entschärfte sich von alleine. Als wir an der Reihe waren, sah der Polizist in unseren Wagen, erkannte mich als ,Farang' – Ausländer – und setzte mich in seinen Gedanken als ,VIP – Very important person – sehr wichtige Person' – ein, und … winkte uns durch. Das ist uns noch ein paar Mal passiert.

Doch zurück zum Isaan. Was ich von dieser Landschaft sehen konnte, hat mich begeistert. Dieses Gebiet selbst ist eine Hochebene und relativ flach. Doch immer wieder tauchen unvermittelt halbkugelförmige Berge aus der diesigen Luft hervor, die sehr imposant und malerisch, manchmal sogar dämonisch wirken. Von Europa kenne ich solche Landschaftsformen nicht.

Zwar kaum touristisch erschlossen, bieten doch gerade diese nordöstlichen Provinzen Thailands, in denen sich Sprache und Kultur der Thai, der Laoten und der Khmer vermischt haben, sehenswerte Ziele.

Prasat Phanom Rung zum Beispiel, eine riesige Khmer Tempelanlage, wurde im zehnten und elften Jahrhundert erbaut. Wer diese Anlage an Songkhran, dem thailändischen Neujahrsfest, in den frühen Morgenstunden besucht, erlebt ein einmaliges Schauspiel. Die Strahlen der aufgehenden Sonne fallen durch alle fünfzehn Portale gleichzeitig hindurch. Zwei Jahre später, am 15. April, war ich dort und konnte dies bestaunen.

Auch Khao Yai, Thailands bekanntester Nationalpark liegt im Isaan und ist bevölkert von Tigern, Elefanten, Leoparden, Affen aber auch Kobras und mehreren hundert Vogelarten. Dieses Gebiet zählt zu den fünf bedeutendsten Naturreservaten der Erde und ist zum großen Teil von undurchdringlichem Dschungel überzogen. Jahrtausende alte Malereien der Ureinwohner an steilen Felswänden oder die bizarre Schönheit von uralten Bäumen beeindruckten meine Sinne immer wieder, genauso wie die Andersartigkeit des Lebens.

Es ist einfach nur schön, ein Abendessen in Bambuspavillons, die auf Holzstelzen im Mekong stehen, zu genießen oder in ähnlichen Hütten zu Mittag zu essen und zu staunen, weil man nicht bemerkt hat, dass man in Wirklichkeit in einem Boot sitzt und unerwartet mit Stahlseilen in die Mitte des Flusses gezogen wird.

Es sind traumhafte Erlebnisse und Erfahrungen und ich habe viel gesehen, sehr schöne Landschaftszüge, Flüsse und Seen. Aber gerade von den Gegenden, die nur wenige Touristen besuchen, kann man mehr lernen als das, was in den Reisekatalogen steht, wenn man die Augen offen hält.

Auch Aung bestätigte mir zwei Jahre später auf einer Fahrt quer durch den Isaan, von Korat nach Udon Thani: „We suffer awful. Nothing there. No tourists. Look to this dry earth! Do you see those weak buffaloes?" – Wir leiden furchtbar. Nichts ist da. Keine Touristen. Schau dir diesen trockenen Boden an. Siehst du die ausgemergelten Büffel? Und dann zum Vergleich auf der Fahrt mit ihr nach Phuket: „Do you see the difference now" – Siehst du jetzt den Unterschied? – Sie machte mich auf das saftige Grün südlich von Bangkok aufmerksam.

Immer wurden also diese Ausflüge von viel Armut begleitet. Wie sollte man solche morschen Holzbuden auf ihren Stelzen entlang der Straßen sonst interpretieren, unter denen das abgemagerte Vieh, wenn man es denn überhaupt besaß, einen Lagerplatz fand, oder ein paar verrostete Karren standen?

Die Bilder dieser armseligen Hütten und ihrer armen Bewohner habe ich immer wieder im Kopf. Als ich diese Häuschen sah, war es Mitte Februar und heiß und trocken. Jetzt konnten die Leute noch ,komfortabel' darin hausen. Aber von Mai bis Oktober wird es wieder regnen, nicht regelmäßig, dafür viel heftiger als in Europa. Ein trockenes Plätzchen gibt es sicher nur für Alte und Gebrechliche, vielleicht auch für eine junge Mutter mit Kind. Alle anderen müssen diesen Luxus entbehren.

Solche Behausungen habe ich nicht nur an einer Stelle gesehen sondern immer wieder und wieder. Und manches Mal, wenn wir langsamer vorbeifuhren, musste ich in die traurigen und zur gleichen Zeit staunenden Augen der Kinder schauen. Nur auf Bildern und für Reisekataloge aus der Ferne fotografiert, vermitteln solche Gegenden jenen dummen Hauch von Romantik.

Aber es stimmt, man kann es genießen, wenn man als Tourist oder vermögender Thai in einem Flusshaus-Restaurant sitzt, Zeit hat und sich bedienen lassen kann. Es ist schön, wenn Geld da ist, um sich das leisten zu können. Es mag für acht Personen vielleicht zweitausend Baht, also fünfundvierzig Euro, kosten.

Obwohl so etwas nach europäischen Maßstäben auf Grund der Atmosphäre, des Ambiente, oder der Qualität der Speisen, äußerst preiswert ist, kann sich das der normale Thai, auch wenn er Arbeit hat, kaum leisten. Denn zweitausend Baht, – also noch einmal – fünfundvierzig Euro sind ein Viertel seines Monatslohns. Doch selbst diese armen Menschen sind vergleichsweise reich. Reich im Verhältnis zu den Burmesen, deren monatlicher Verdienst als Lehrer bei fünftausend Kyat liegt, das sind je nach Umrechnungskurs zwischen einhundertfünfzig bis dreihundert Baht, also drei, maximal sechs Euro. Damit soll der Burmese seine fünfköpfige Familie ernähren. Er kann es aber nicht. Also geht er als Billigarbeiter nach Thailand. Bringt es so im Monat immerhin auf fünftausend Baht und schickt davon die Hälfte nach Burma.

Natürlich lieben die Thais diese Konkurrenz nicht, die die Löhne drückt und die Arbeitsplätze wegnimmt. Es ist wie bei uns in Europa. Nicht die wirtschaftlichen Strukturen werden als Übel erkannt und gebrandmarkt, sondern dem bösen Nachbarn wird die Schuld gegeben. Die Menschen können dabei als Feind nur den körperlichen Konkurrenten erkennen, auf den sie losgehen. So verbreitet sich in Thailand die Legende, der Burmese sei der Schurke, in Deutschland erzählen sie, es wäre der Pole.

Der Sieg der Mutter

Es war zu Beginn der zweiten Urlaubswoche. Wir schlenderten in den Abendstunden in einer kleinen Gruppe über einen Markt. Als Pokhie ein Restaurantzelt entdeckte, rief sie uns zu: „Lass uns Party machen." Darunter versteht sie grundsätzlich, dass sich Freundinnen und Freunde oder Verwandte zusammenfinden, um gemeinsam zu essen und zu trinken, am besten letzteres. So auch an diesem Dienstagabend.

Nachdem wir Platz genommen hatten, entdeckten wir, es gibt auch Fondue. Dies wird etwas anders zubereitet als in Europa. Man muss es sich so vorstellen: Zunächst kommt in einem schweren Henkeltopf eine offene Feuerstelle mit Holzkohle an den Tisch. Auf die wird ein Behälter aus Aluminium gesetzt, der wie eine große Zitronenpresse aussieht. Nach kurzer Anwärmzeit kann man den Kegelteil mit Speck einfetten und an diesen Stellen etwas anbraten, Fisch oder Fleisch. Den unteren Bereich des Behältnisses, der wie ein Burggraben um den Kegel läuft, nutzt man, um hier mit Gemüsen, Salaten, Kräutern, Gewürzen oder Glasnudeln, eine Suppe zu bereiten. Selbstverständlich steht an jedem Tisch eine Schale mit Reis. Individuell kann mit Soßen und anderen Zutaten das Essen verfeinert werden.

Dies war exakt nach meinem Geschmack. Ich erinnere mich, dass ich mich rundum wohl gefühlt habe bei dem Gedanken, was für ein feines Abendessen gleich vor mir stehen wird.

Wir genossen das Dinner, ich trank Singha-Bier, die Thai-Leute Heineken. Jeder schien seine Freude zu haben.

Auf einmal war Pokhie verschwunden. Das kam öfter vor, und zunächst dachte ich mir nichts dabei. Als sie zurückkam, meinte ich zu sehen, dass irgendetwas nicht mehr stimmt. Sie unterhielt sich jetzt lange mit Nathiem, ihrer Tante. An ihren Gesten und, weil sie mir gegenübersaß und einiges übersetzte, verstand ich, dass sie sich bitter über ihr Leben beklagte, über die Arbeit, die sie über sich ergehen lassen musste.

„Ausgerechnet mit Nathiem spricht sie darüber", dachte ich. Nathiem war zwar ihre Tante, ich aber hielt sie eher für eine Schlange. Denn auch sie nahm gerne von dem was Pokhie mit ihrem Körper verdiente, um sich selbst das Leben angenehmer zu machen. Nach Pokhies Aussage aber hatte Nathiem Geld genug. „Nathiem reich", vertraute sie mir einmal an.

Ich beobachtete Pokhie genau. Sie wischte sich mehrfach die Tränen aus dem Gesicht, als sie erzählte. Aber Krokodilstränen, die vergoss Nathiem, ob der Ungerechtigkeit, die man ihrer Nichte antat.

Pokhie schüttete jetzt Bier in riesigen Mengen in sich hinein und wirkte bald sehr verstört auf mich. So kippte ihre Stimmung endgültig. Sie wurde aggressiv. Das, was Patty, die Wirtin vom ‚Isaan', mir einmal flüsternd anvertraut hatte: „Pass auf, manchmal wirft sie mit Gläsern um sich", sollte bald eintreten. Wir vermuteten, der Abend war gelaufen, verlangten die Rechnung und brachen auf.

Als wir auf die Straße gingen, hatte Pokhie noch eine Flasche Bier in der Hand, aus der sie lässig weiter trank. Plötzlich holte sie unvermittelt aus und schleuderte mit der ganzen Wut ihrer kleinen Person die noch halbvolle Pulle vor uns auf die Bordsteinkante.

„Will alleine sein, will nach Nong Bua Lamphu in Hotel mit Schwimmbad. Will nicht bei Mama in Haus schlafen", schrie sie im gleichen Augenblick. „Ja, lass uns nach Nong Bua Lamphu fahren", meinte ich und wollte sie in den

Arm nehmen. Doch sie wehrte ab. „Nein", zeterte sie „ich alleine – oder Nathiem geh' mit." Nathiem hatte nicht viel getrunken, hätte also fahren können, hatte aber kein Auto. „Dann nehmen wir Auto von Mama", entschied Pokhie nach diesem Einwand. Wir fügten uns und gingen los. Unterwegs änderte Nathiem aber ihre Meinung. Wahrscheinlich wollte sie mit der angetrunkenen und erregten kleinen Frau nicht zusammen sein.

Pokhie heulte auf: „Dann ich alleine fahren." Ich wusste, das würde ich nicht zulassen, sie hatte keine Kontrolle mehr über sich selbst und hätte schon gar keine Kontrolle über ein Fahrzeug gehabt.

Wir waren schnell am Haus. Pokhie schnappte sich den Autoschlüssel. Die Thai-Leute redeten noch halbherzig auf sie ein, um sie von ihrem Vorhaben abzubringen, aber sie ließ sich nicht beeindrucken, nicht Pokhie.

Im Prinzip sahen alle teilnahmslos zu, wie das Unglück seinen Lauf nehmen sollte. Kein einziger Thai-Mann, nicht ihr Bruder, nicht ihr Vater, kein Onkel rührte sich, als sie die Wagentür öffnete, um sich hinter das Lenkrad zu zwängen. Die Mentalität, dass man letztendlich nichts verhindern kann und alles aufgrund eines vorherigen Lebens schon entschieden ist, schien den Lauf der Dinge zu bestimmen.

Lediglich ihre so genannte Mutter wollte dies nicht zulassen. „Ullich, Ullich", rief sie „look, Pokhie, Pokhie …" Im ersten Augenblick dachte ich: „Hat diese Frau auf einmal humane Anwandlungen bekommen?" Nein, das war es natürlich nicht. Es war nur die blitzgescheite und geschäftstüchtige Erkenntnis, dass gerade ihre Haupteinnahmequelle im Begriff war, sich umzubringen.

Das war der Hauptgrund, weshalb ich eingreifen sollte. Dies war jedoch schon geschehen und ich saß auf dem

Beifahrersitz und kämpfte mit Pokhie um den Autoschlüssel. Ja, ich musste kämpfen. Pokhie, dieses zierliche Persönchen, konnte unglaubliche Kräfte entwickeln. Aber ich konnte das auch, denn ich wollte ein Unglück verhindern. Es gelang mir, noch innerhalb des Wagens, den sie bereits gestartet hatte, den Schlüssel aus dem Zündschloss zu ziehen und den Motor wieder zum Stillstand zu bringen.

Ich wusste aber auch, die Auseinandersetzung zwischen ihr und mir war damit noch nicht zu Ende. Pokhie griff mich sofort wieder an, nachdem ich aus dem Auto gestiegen war, um sich den Schlüssel erneut anzueignen. Ich vermutete, dass ich die eigentliche Schlacht verloren hatte, denn nun ging es bei Pokhie nicht mehr gegen ihre Mutter sondern gegen mich.

Das Thema schien sich gedreht zu haben.

Als ich sie dann mit meinem Körper an die Hauswand drücken und auch ihre Hände festhalten konnte, dachte ich, sie würde aufgeben. Doch Pokhie hatte eine weitere Waffe, ihre Zähne, und die setzte sie massiv ein. Sie biss mir in den Unterkiefer und, nachdem ich mich von dieser Attacke befreien konnte, nahm sie sich meinen Oberarm vor. Ich weiß nicht, wie lange diese ganze ‚Szene' gedauert hat. Jedenfalls griffen schließlich doch einige der Umstehenden ein und trennten uns.

Pokhie aber war aufgewühlter denn zuvor. Sie ließ nun von mir ab und nahm sich jetzt ihre so genannte Mutter vor, indem sie diese beschuldigte – soviel konnte ich verstehen – ihr Leben auf dem Gewissen zu haben. Endlich, jubelte ich innerlich, endlich.

Doch die Geschichte spitzte sich weiter zu. Diese sogenannte Mutter ist ja nicht blöd. Die weiß schon, wie sie sich ohne Diskussion auch aus solch einer Situation davon stehlen und am Ende triumphieren kann.

Sie setzte das wirksamste Mittel ein, das möglich war.

Diese Frau fiel einfach in Ohnmacht.

Ich war damals und bin heute davon überzeugt, dass dies gespielt war.

Außerdem wurde mir klar, dass Pokhies Angriff gegen mich wahrscheinlich nicht mir gegolten hatte. Sie wollte nur mit allen Mitteln fort von diesem Ort und hatte mit mir gekämpft, weil ich mich diesem Drang in den Weg gestellt habe.

Aber jetzt hatten wir dieses andere Ergebnis, und die Aktion der Mutter erzeugte die beabsichtigte Wirkung. Pokhie war sofort nüchtern und fühlte alle Schuld der Welt auf ihren Schultern, warf sich auf den Boden, verbeugte sich mit dem Wai so tief, bis ihr Kopf fast die Erde berührte. Sie zeigte damit den tiefsten Respekt, den man ausdrücken kann, das dachte ich damals.

Später erfuhr ich, dass diese Haltung keine Entschuldigungsgeste gegenüber der Mutter war. Pokhie betete, um es wieder gut zu machen. Das war ein noch stärkeres Eingeständnis, weil sie jetzt zu Buddha sprach.

Sie lag bei dieser Demutsbezeugung fast auf dem Boden. Um sie herum standen inzwischen vielleicht zwanzig Personen, die sich dieses Schauspiel nicht entgehen lassen wollten, Nachbarn waren gekommen, weil sie den Lärm gehört hatten. Sogar über Handy waren Verwandte angerufen worden.

Noch während sich der gedemütigte junge Mensch Pokhie immer wieder in dieser kauernden Stellung aufs tiefste verneigte, wurde beratschlagt, was zu tun sei. Man kam überein, sich in einer kleinen Gruppe zurückzuziehen. Najud radebrechte, dass sie so versuchen wollen, den bösen Geist, von dem meine Freundin befallen sei, wieder auszutreiben.

Es ist nun einmal so, dass in Thailand ein seltsamer Geisterglaube noch weit verbreitet ist, das musste ich, dass muss man akzeptieren. Doch man sollte das trotzdem nicht zu sehr belächeln. Auch in den hiesigen Breitengraden, gibt es Überlieferungen von wundersamen Erscheinungen. Ich habe mir noch in meinem Konfirmandenunterricht solche Stories anhören müssen und denke dabei nicht nur an die Wunderheilungen von Lourdes.

Inzwischen war Pokhie, gestützt von den beiden Frauen in ihr Zimmer geführt worden. Sie ließ willenlos alles über sich ergehen. Die Schlacht war für sie verloren, vielleicht ihr letzter sich aufbäumender Wille für immer gebrochen. Für mich war dabei das schlimmste, dass ich tatenlos zusehen musste, wie sie durch die Regie der Mutter gefügig gemacht wurde.

Aber wenn ich ihr schon nicht mehr weiterhelfen konnte und wenn schon Beschwörungsformeln gesprochen wurden, dann wollte ich wenigstens in ihrem Zimmer anwesend sein, um ihr zu zeigen: Ich lasse dich nicht allein. Aber zunächst wurde mir der Zutritt mit der Begründung verwehrt, da dürfen jetzt nur Frauen rein. Doch das akzeptierte ich nur einen kurzen Moment und verschaffte mir mit allem Charme, der in dieser Situation noch möglich war, Zugang.

Ich bin heute davon überzeugt, dass dies damals nur ein kurzfristiger Erfolg war, denn ich hatte ein von allen — außer von mir — akzeptiertes Ritual gestört. Und wenn die Thai-Familie damals verstanden hat, warum ich so gehandelt habe, dann war ich ab diesem Zeitpunkt der Feind. Ich war der Schuldige, wenn der Geldfluss aus Pokhies Arbeit nicht mehr so sprudeln würde.

Während ich langsam das Zimmer betrat, sah ich, dass Pokhie am Kopfende auf dem Bett lag und die beiden

Frauen am Fußende saßen. Für den Augenblick meines Eintretens unterbrachen sie die ‚Geistervertreibung'. Pokhie sah mich verstört und wütend an. Ihr Gesicht verzerrte sich für Momente noch mehr.

Ich aber wollte ihr deutlich machen, dass ich Achtung für sie empfinde und zu ihr halte. Also legte ich die Handflächen aneinander, hielt die Hände vor mein Gesicht und neigte meinen Kopf vor ihr. So verharrte ich, bis ich meinte, eine Beruhigung ausmachen zu können. Erst dann setzte ich mich zu ihr ans Bett.

Möglicherweise war auch diese Geste zuviel, denn in den Augen der Thais sollte sich ein Mann niemals so weit herablassen, wie ich es damals tat. Aber ich bin auch heute noch der Meinung, dass ich Pokhie vermitteln musste, dass ich zu ihr stehe. Deshalb glaube ich, dass ich in einer ähnlichen Situation wieder so reagieren würde.

Pokhie zitterte nach wie vor am ganzen Körper. Der einzige Halt, den sie hatte, war das Bild in ihren Händen. Es wunderte mich nicht, dass es ihre Oma zeigte.

Ich verhielt mich still, die Frauen fuhren alsbald mit ihren Beschwörungen fort, auf die Pokhie in regelmäßigen Abständen mit gelernten Redewendungen antwortete. Die ‚Veranstaltung' sollte noch einige Zeit dauern, aber endlich ließ man uns alleine. Pokhie brauchte danach noch Stunden, in denen sie mehrfach Schüttelkrämpfe hatte, bis sie zur Ruhe kam und einschlafen konnte.

Es hat mir gut getan, dass sie bis zum Morgengrauen mit ihrem Kopf auf meiner Brust geschlafen hat, während sie weiterhin das Bild ihrer Oma in den Händen hielt.

Die ganze Szene hat mich tief beeindruckt, weil ich dadurch erlebt habe, mit welch einfachen Mitteln man Menschen zu Gefolgsleuten machen kann. In diesem Fall war es eine emotional eingesetzte Ohnmacht.

Als ich am nächsten Morgen mit ein paar Leuten aus der Familie versucht habe, über die vergangene Nacht zu reden, habe ich immer nur gehört: „Ja, ja, Pokhie trinkt zu viel." Das war alles.

Sie selbst meinte: „War nicht gut, was ich gemacht."

Oft sind diese Stunden mit all ihren Facetten in meinem Kopf wieder auferstanden. Die Bilder sehe ich heute noch genauso klar vor mir wie damals. Ich weiß, dass ich die Grausamkeiten von Pokhies Leben in dieser Nacht am deutlichsten empfunden habe. Rätselhaft für mich war, wie Pokhie das verkraften konnte. Sie verhielt sich in der Zeit danach, als wäre nichts passiert.

Mir jedoch fiel es schwer, zur Tagesordnung überzugehen. Für mich war so viel ungeklärt und unfassbar. Ich hätte Abstand gebraucht, den ich aber nicht bekam. So fühlte ich mich wie in spiegelglattem Wasser, während die Ereignisse nach Blitz und Donner schrieen. Doch das Unwetter kam nicht und die Fahrten und Besichtigungen gingen weiter. Und ich musste lächeln.

Zwei Tage nach diesem dramatischen Ereignis machten wir also tatsächlich wieder einen neuen Ausflug, diesmal nach Vientiane, der Hauptstadt des Nachbarlandes Laos.

Was mir auffiel, als wir endlich die langatmigen Formalitäten in der Grenzstadt Nong Khai überstanden hatten und mit einem knallbunten thailändischen – oder war es ein laotischer? – Bus auf der ‚Brücke der Freundschaft' den Mekong überquerten, waren nicht die typischen Spitzhüte der Laoten, nein, es war die endlose Reihe von Radfahrern, die auf den Straßen fuhren. Autos und Motorräder, ja selbst Motorroller waren in der Hauptstadt dieses Landes mehr Luxus als in jeder thailändischen Provinz.

Passend dazu erschien mir, dass die Götterfiguren dämonischer, skurriler und somit eindrucksvoller wirkten als in Thailand. Es schien sich wieder zu bestätigen, je ärmer das Volk, desto großspuriger werden Götterfiguren aufgebaut.

Der interessierte Laos Besucher findet vor allen Dingen in Vientiane noch viele Erinnerungen an die einstigen Verbindungen zu Europa. Etwa in Form des Monument des Morts – Gedenkstein der Toten – das entfernte Ähnlichkeit mit dem Arc de Triomphe in Paris aufweist oder an das Thuat Luang, das Wahrzeichen aus dem 16. Jahrhundert, das die Vereinigung von Buddhismus und Laoismus darstellen soll. Auch eine Vielzahl an Tempeln lädt zum Besuch ein, besonders der außerhalb gelegene Wat Kieng Khouang mit einer Kombination aus buddhistischen und hinduistischen Statuen.

Wer ein bisschen mehr Zeit für den Besuch dieses Landes mitbringen kann als ich, für den ist in erster Linie Luang Prabang ein lohnenswertes Ziel, so wurde mir erzählt. Gesehen habe ich diese alte Königsstadt selbst nicht. Ich weiß aber, dass Luang Prabang seit 1995 Weltkulturerbe ist. Mit zweiunddreißig großen Tempelanlagen bildet dieser Ort das kulturelle und religiöse Zentrum des Landes.

Ganz besonders reizvoll sind wahrscheinlich auch die Felder der Plain of Jars, etwa einhundertfünfzig Kilometer nördlich von Vientiane. Die Bedeutung dieser riesigen Steinbehälter, die vor etwa zweitausend Jahren entstanden sein sollen ist noch heute ungeklärt.

Ein schönes Erlebnis anderer Art hatte ich, als wir eine Fahrt nach Ubon Ratchathani ganz im Osten des Landes gemacht haben, um Pokhies dortige Verwandtschaft zu besuchen. Neben dem imposanten Tempel Wat Nong Bua war ein Marktbesuch obligatorisch. Wir waren fast schon am Ende unseres Rundganges, als mich Pokhie fragte: „Was du bring' deiner Mama mit?" Über genau diese Frage hatte ich mir auch schon den Kopf zerbrochen. „Hab' Idee", fuhr Pokhie fort. Sie nahm meine Hand und zog mich in einen kleinen Souvenirladen. „Da, sieh mal." Sie deutete auf ein zierliches Teeservice, das in einem zarten Grünton gehalten war. „Ja", dachte ich spontan, „das kaufen wir." Bei meiner Mutter ist das Mitbringsel dann auch gut angekommen, im beiderseitigen Sinne des Wortes: unzerbrochen und es hat ihr gefallen.

Aber immer wieder merkte ich an vielen Dingen die Unzufriedenheit meiner kleinen Thailänderin. Ich spürte einen Teil ihres Lebenswiderspruches. Auf der einen Seite hatte sie deutlich gemacht, wen sie für ihr verkorkstes Leben verantwortlich hält, auf der anderen Seite war diese Mutter, diese Familie, aber in der Realität das einzige, was für sie so etwas wie Heimat bedeutet. Diese Überlegungen hatte ich nicht nur einmal und ich fragte mich, wie kann ein Mensch so etwas aushalten und wie kann eine Mutter ihr Kind in so ein Leben drängen. Jedes Mal korrigierte ich dann meine Gedanken und sagte mir, es ist ja gar nicht ihre Mutter. Pokhies Lage wurde dadurch allerdings nicht besser.

Ich dachte aber auch über mich nach und sah mein widersprüchliches Verhalten. Denn ich selbst arbeite in der Werbebranche, die mit meinen heutigen Vorstellungen wenig gemein hat. Ich meine damit, wir alle brauchen viele dieser bunten, lauten Gegenstände und Dienstleistungen, die uns von Ulknudeln und anderen Pappnasen angepriesen werden, nicht. Wenn Werbung Sinn machen und den Menschen Nutzen bringen soll, so denke ich, dann müsste man sie anders einsetzen, vielleicht zur Sensibilisierung des sozialen Empfindens. Oder man könnte Werbung einmal gegen etwas verwenden – etwa gegen die Ausbeutung der Menschheit durch Entscheidungen in den Führungs-etagen der Konzerne.

Aber ich schweife ab, denn das sind Wunschträume. Dennoch meine ich, dass sich hier der Kreis schließt, weil deutlich wird, dass Menschen wie Pokhie – und zu ihr muss man weitere vier Milliarden Einzelschicksale hinzurechnen – anderes brauchen, um ein menschenwürdiges Leben zu führen, als Produkte, die nach Budgetplänen produziert werden, um Konzernergebnisse zu verbessern.

Doch wenden wir uns wieder unserer Geschichte zu. Wir sind am 24. Februar, dem Abschiedsabend, angekommen. Die ganze Verwandtschaft hat sich noch einmal zu einem großen Gelage eingeladen. So habe ich es damals empfunden und kann dieses Verhalten auch heute nicht anders beschreiben.

Eine kleine, freundschaftliche Geste hat sich dennoch bei mir in die Erinnerung eingegraben. Naliengh, der sich immer wieder rührend um mich gekümmert hatte, rief mich auf einmal zu sich, griff in seine Hosentasche und steckte mir achtzig Baht „Khab gaffä" – für Kaffee – zu. Der Mann hat nun wirklich kein Geld. Dies war ergreifend, mir fällt kein besseres Wort dazu ein.

Ich ging früh ins Bett und dennoch war die Nacht kurz. Mein kleiner Reisewecker machte mir das um zwei Uhr morgens deutlich, ziemlich laut und schrill. Schlaftrunken erledigte ich meine Toilette und war dankbar, als mir Irgendwer ein warmes Süppchen hinstellte. Ich löffelte die Mahlzeit gierig in mich hinein.

Dann war es aber auch schon soweit, und wir fuhren los. Wieder saß ich vorne neben dem Fahrer auf der ‚Ehrenloge', wie das die Thais so sahen. Lieber hätte ich im Fond gesessen, mich an eine Seite angelehnt und vor mich hingedöst. So aber wurde ich von jedem entgegenkommenden Wagen geblendet und nahm an der Fahrt – wie es sich als ordentlicher Beifahrer gehört – aufmerksam teil.

Stur, so schien es mir, hielt Najud, der diesmal fuhr, seinen Fahrstil bei. Egal, ob die Straße geteert oder ein Feldweg war, er fuhr Höchstgeschwindigkeit. Minutenlang kam das einzige Licht auf der Straße von unserem eigenen Scheinwerfer. Einen Augenblick später wurden die Lichter entgegenkommender Fahrzeuge an den Stämmen der Bäume, die entlang der Straße standen, gebrochen oder leuchteten uns in der nächsten Kurve an. Nach und nach holte mich der Schlaf wieder ein, und ich fiel in einen Dämmerzustand.

„Hab Kaffee für dich." Ich schrak auf, als mich Pokhies Hand berührte, und sie mir vom Rücksitz aus den heißen Becher reichte. Morgens um halb fünf in diesem schlaftrunkenen Zustand war das eine Wohltat. Danach gab es noch eine weitere kleine Pause zum Tanken und für ein zweites Frühstück. Es war jetzt bald acht Uhr.

Als wir die ersten Ausläufer von Bangkok erreichten, stand die Sonne bereits hoch am Himmel. Wir machten einen Bogen um die Stadt, um am Strand in der Nähe von Chon Buri zu Mittag zu essen. Gemütliche Ruhepause am Meer habe ich in anderer Erinnerung. Hier aber standen die Strandkörbe dicht an dicht. Im Wasser war dennoch kaum jemand. Selbst die vierzig Meter dorthin schienen auf dem heißen Sand zu viel. Mich aber störten vor allem der Dreck, die weggeworfenen Plastikflaschen, liegen gelassenen Dosen und der sonstige Unrat. Trotzdem musste ich so tun, als gefalle mir das und räkelte mich in einem Liegestuhl und ließ mir etwas zu essen bringen. Als wir satt waren, flitzte gleich wieder jemand geschäftstüchtig vorbei, um Cola, Bier oder Whisky anzubieten.

Um vier oder fünf Uhr fuhren wir in die City von Bangkok, in die sechs – andere Quellen sprechen von acht – Millionen Stadt zum Königspalast. Leider konnten wir nicht in den Innenbereich, der war an diesem Tag schon geschlossen. Aber auch der Anblick von außen mit den vielen goldglänzenden Dächern, die über die große weiße Außenmauer herausragen, ist sehenswert.

Der Palastbau selbst wurde Ende des 18. Jahrhunderts begonnen, in der Zeit also, als Bangkok zur Hauptstadt erklärt wurde. Zu dem Komplex gehört unter anderem der Wat Phra Kaeo, der bedeutendste aller thailändischen Tempel. In ihm befindet sich neben anderen Kostbarkeiten auch der geweihte Smaragdbuddha.

Eine richtige Attraktion war dann noch der Besuch eines Marktes. Ich wusste damals nicht, dass fast jedes kleine Dorf, besonders aber die großen Städte Märkte haben, in denen man bis nach Mitternacht einkaufen kann.

Als Tourist finde ich das sehr angenehm. Später machte mich Aung darauf aufmerksam, dass man das auch durchaus anders sehen kann: „We are not free from this. Every night, every Sunday we can go out and buy. Instead to have a day off from this. So everytime we spend money but do not plan our life." – Wir machen uns nicht frei davon. Jede Nacht, jeden Sonntag können wir ausgehen und einkaufen, anstatt uns auszuruhen. So aber geben wir jederzeit Geld aus. Wir sollten unser Leben besser planen.

Was mir damals bei meinem ersten Bangkok-Aufenthalt nicht aufgefallen ist, war die Armut auf den Straßen. Diese habe ich erst bei nachfolgenden Besuchen richtig wahrgenommen. Ich meine jene Armut, die man erlebt, wenn man an den kleinen Ständen entlang der Bürgersteige vorbeischlendert. Nicht nur der Zustand der Gehwege bezeugt dies, weil alle paar Meter der Belag wechselt. Mal sind es Steinplatten, dann kommen geteerte Stellen, dann gibt es einige Meter nur Sand und an den Straßeneinmündungen sind abgebrochene oder lockere Begrenzungssteine die Regel.

Vor allen Dingen sind es Menschen, die ihr Leid zeigen. Immer wieder sieht man Bucklige oder stillende Mütter mit ein paar Münzen in einem dreckigen Plastikbecher, auch Verkrüppelte mit nur einem Bein, die sich liegend, die geöffnete bettelnde Hand voraus, über den Boden schieben.

Selbst die Fragen der Tuk-Tuk-Fahrer, die an den Kreuzungen wartend herumlungern, registrierte ich erst bei späteren Besuchen. Mit „Massage?" leiteten sie meistens ihre Angebote ein und hielten den männlichen Passanten Fotos von halbnackten Thai-Schönheiten unter die Augen. Die Aufdringlichsten ließen sich nach einigen Metern nur mit Gegenwehr abschütteln, bei Anderen genügte eine Handbewegung.

Aber es gab auch freundliche Begegnungen. So sprach mich im Nana-Distrikt der Inhaber eines Schneiderladens an: „Come in, have a look!" – Kommen Sie rein, schauen Sie sich um. – Nachdem ich ihm deutlich gemacht hatte, dass ich keinen Bedarf habe, hat er nachgefragt, wo ich denn hin wolle. „I am looking for a pharmacy", meinte ich. – Ich suche eine Apotheke. „Then turn to the right. After a few meters you will find one", antwortete er. – Dann müssen Sie die Straße nach rechts gehen. Nach ein paar Metern werden Sie eine finden.

Als Besucher bummelt man aber nun einmal gerne über Straßen und Märkte und sieht über Armseligkeiten hinweg. Und gerade Nachtmärkte sind vor allen Dingen deshalb interessant, weil es dort fast immer Freiluft-Restaurants gibt, in denen Life-Musik gespielt wird. Wenn man so die Zeit vertrödelt und Mitternacht noch dort sitzt, genießt man die Abende und macht sich wenig Gedanken über die Sechs- oder Siebenjährigen, die um diese Zeit noch rote Rosen verkaufen.

Später in Chiang Rai oder auch mit Aung wiederum in Bangkok habe ich solche Abende öfter gehabt. Zu zweit zu erleben, wie langsam die Dunkelheit der Nacht das letzte Dämmerlicht verdrängt, während gleichzeitig die hitzige Tagesluft etwas angenehmeren Temperaturen weichen muss, so würde ich gerne öfter die Tage ausklingen lassen. Diese Gedanken hatte ich im Februar 2005 noch nicht. Für solche Gemütlichkeiten war kein Platz.

Endlos schien der Markt in Bangkok zu sein, es gab alles was man zum täglichen Leben braucht: Knöpfe für Jacken, Batterien für jeden Bedarf, Spielzeug für Groß und Klein, CDs, auch Raubkopien, Wäsche für Sie und Ihn, Schuhe, meistens Billigfabrikate, natürlich Hosen angeblich als Markenfabrikat, Cremes und Lotions, simple thailändische Schokolade, daneben Schmuck in Silber oder Gold, echt und unecht, eben fast alles.

Wie viele Touristen, so drängten auch wir vorbei an den Ständen um vielleicht etwas zu kaufen, was wir nicht suchten oder um etwas zu suchen, was wir nicht fanden. Gut, dass ich Begleitung hatte, denn in den unendlich verwinkelten Gängen wäre ich alleine verloren gewesen.

Ein persönliches Highlight für mich gab es noch, als es schon dunkel wurde und ich zum ersten Mal in ein Tuk-Tuk stieg. Pokhie stand grinsend daneben und genoss zuzusehen, wie ich mich abmühte und trotzdem prompt mit meinem Schädel an eine der Dachstangen anstieß.

Tuk-Tuks erscheinen mir als lustige, sehr praktische Fahrzeuge. Vom Aussehen her ähneln sie dem Nachkriegsmodell des dreirädrigen Tempo. Doch ein Tuk-Tuk ist viel kleiner, hat etwa die Länge eines großen Motorrads, wird auch wie ein solches mit einer Lenkstange gesteuert. Es ist ein Zweitakter, bei dem der Fahrer immer vorne alleine sitzt, während die Gäste zu zweit, zur Not auch zu dritt, auf der hinteren Bank Platz finden. Außerdem kostet es nicht viel. Ich habe einmal für eine Fahrt, die drei Stunden gedauert hat, dreihundert Baht, etwas mehr als sechs Euro, bezahlt.

Die Tuk-Tuks sind auch deshalb ein beliebtes Verkehrsmittel, weil sie wendig sind und im dicksten Großstadtverkehr durch kommen. Immer, wenn ich gedacht habe: „Das schafft der nicht mehr", der Tuk-Tuk-Fahrer schlängelt sich mit seinem Gefährt durch die engsten Stellen. Und der Tourist hat Spaß dabei. Selbst der Gestank des Benzins muss ihn nicht stören, weil die Fahrt so faszinierend ist, dass man das Drumherum vergessen kann.

Es sind rasante Fahrweisen mit denen die Fahrer ihre Gäste transportieren, für ängstliche Gemüter nicht unbedingt zu empfehlen. Aber mir hat es Spaß gemacht, und ich habe mich auch ausnahmslos sicher gefühlt.

Eines sollte man bei Tuk-Tuk-Fahrten dennoch jedes Mal beachten: Den Preis muss man vorher aushandeln. Sonst kann es einem passieren, dass am Ende der Fahrt viel mehr verlangt wird, als man erwartet. Oder der Fahrer hält unterwegs irgendwo an, nennt seinen Preis. Wenn man den dann nicht akzeptiert, darf man aussteigen und laufen.

Der Abend aber kam immer näher und damit auch der Abschied von Pokhie, die etwa vierzehn Tage später nachkommen wollte. Am Flughafen selbst schüttelte sie mir die Hand und bedankte sich relativ steif ‚für alles'. Mir war das nicht genug, und ich nahm sie noch einmal kurz in den Arm. Ich wollte sie noch einmal spüren.

Ich weiß heute, dass sie damals noch nicht soweit war, diese Geste mit zu tragen. Aber ich weiß jetzt, wenn ich diese Zeilen schreibe, dass wir auch anders Abschied voneinander nehmen können, ehrlicher. Doch dazu musste noch viel passieren.

Auf dem Flug zurück hing ich meinen Gedanken nach. Was hatte ich alles erlebt? Was war mir klar geworden? Hatte ich etwas gelernt? Wie war denn nun mein Verhältnis zu Pokhie? Vieles ging mir durch den Kopf. Ich wollte damals unbedingt ihr Lebenspartner sein, und ich wollte sie aus ihrer Situation herausbringen. Beides war mir gleich wichtig. Ich dachte auch, das ginge.

Zunächst aber war ich traurig, weil Pokhie im Flugzeug nicht neben mir saß. Da waren vielleicht drei Stunden vergangen…

Doch sie hatte ja versprochen, in zwei Wochen nachzukommen. Aber daraus wurde nichts, sie fand immer neue Gründe. Erst war im März noch eine Hochzeit innerhalb der Familie, dann wurde es April und der Songkhran, das buddhistische Neujahrsfest, kam, und das wollte Pokhie in ihrer Heimat feiern.

Aber sie merkte, dass ich ungeduldig auf sie wartete und so machte sie mir bei manchen Telefonaten, in denen ich sie drängte, den Vorwurf: „Du weiß' doch, wenn ich Deutschland, dann muss arbeiten? Willst du, ich so arbeiten?" Und sie betonte das ‚so'.

Ich musste Verständnis aufbringen, hatte aber auch meine Sehnsüchte und begann zu spüren, dass sie weniger Gefühle aufbrachte. Ich wollte das aber nicht wahrhaben. Vielleicht konnte sie dies aufgrund ihrer Tradition gar nicht zeigen. So hoffte ich.

Endlich war auch dieses Fest vorbei und Pokhie signalisierte, dass sie am 25. April zurückfliegen möchte. Ich wollte ihr und mir eine Freude machen und hatte gerade noch Zeit, einen Flug zu bekommen, um sie schon in Bangkok zu treffen. Ich flog am 22. April abends in Frankfurt ab und hatte dann einen Tag für mich alleine. Pokhie klingelte mich am 24. April in aller Frühe aus dem Schlaf. Sie, ihre Mutter, ihr Bruder und eine Tante waren die Nacht durchgefahren. Naliengh, den ich gehofft hatte zu sehen, war nicht dabei.

Die Begrüßung von ihr schien mir unterkühlt, kein Lächeln, kaum eine Berührung. Bis zum Abflugtag änderte sie ihr Verhalten nicht. Im Flugzeug kam die erste Annäherung, als sie ein Bein auf meinen Oberschenkel legte. Ich empfand das als Gipfel der Zärtlichkeit, so ausgehungert war ich. Heute glaube ich, dass sie es nur etwas bequemer haben wollte.

In den nächsten Wochen machte ich mir immer wieder Gedanken darüber, warum Pokhie so abweisend geworden war, denn auch als wir wieder in Frankfurt waren, mied sie meine Nähe eher, als dass sie sie suchte. Was war los?

Ich deutete ihr Verhalten endlich so, dass sie nach meiner Abreise von ihrer Familie in die Mangel genommen worden war, weil ich zu deutlich gezeigt hatte, was mir missfiel.

Schwanger

Nach ihrer Ankunft in Frankfurt suchte Pokhie weiter einen neuen Arbeitsplatz, der ihren Vorstellungen entsprechen konnte. Ein Problem, was sie aber nicht erkannte, war, dass sie kaum ehrliche Freundinnen unter ihren Kolleginnen hatte. Vielleicht lag das an ihr selbst, da sie nie gelernt hatte, echte Freundschaften aufzubauen. Vielleicht lag es auch an dem Milieu, in dem die Frauen sowieso kaltherzig sein müssen, um seelisch überleben zu können. Wahrscheinlich kam beides zusammen. Aber ist Kaltherzigkeit auf Dauer nicht auch schon der Seele Tod?

Pokhie probierte die unterschiedlichsten Wohnungen aus, in denen Thaifrauen arbeiteten. Aber, es war immer das gleiche. Am Anfang erzählte sie: „Anong" oder „Lee" oder „Linda" oder „May" – die Namen waren austauschbar – „ist gute Freundin. Kenne schon lange." Doch spätestens am Ende der Woche war diese Welt nicht mehr in Ordnung, die gute Freundin vom Montag schien ein anderes Wesen und plötzlich nicht mehr so nett zu sein.

Bei vielen ihrer Handlungen sah ich immer deutlicher den Protest in ihr. Ich meinte zu spüren, dass sie sich wohl niemals damit abfinden konnte, diese Tätigkeit für ihr Leben zu akzeptieren. Obwohl sie mich manchmal behandelte wie Müll, konnte ich ihr nie richtig böse sein und Konsequenzen ziehen, noch nicht. Einerseits war das gut, andererseits war genau das das Dilemma.

Die Situation veränderte sich, als sie ein Haus in Eschersheim fand, in dem eine Bekannte von ihr, die Chefin war. Zu ihr fühlte Pokhie sich hingezogen und schlief dort bald regelmäßig. Dieser Frau, ich vermeide das Wort Freundin, schenkte sie ihr uneingeschränktes Vertrauen und machte mit ihr Pläne.

Sie durfte auch während eines kurzen Urlaubs von May das Etablissement führen, was aber schief ging. Denn Pokhie kam mit den einfachsten (Rechen)aufgaben – und auch in diesem Milieu muss man abrechnen – nicht zu recht.

Zum Beispiel musste die Miete regelmäßig bezahlt werden, die für die simple und schlecht möblierte Zweizimmerwohnung pro Woche vierhundertfünfzig Euro verschlang. Die Rechnungen für die täglichen Anzeigen in diversen Gazetten waren pünktlich zu begleichen, Lebensmittel mussten eingekauft werden. Auch die Abgaben der anderen Damen waren zu kontrollieren. All das überforderte die kleine Thaifrau.

Wenn ich ihr Vorschläge machte, wie sie das besser organisieren könnte, bekam ich Antworten wie: „Du weiß' hier nicht Bescheid", oder auch „Besser du ruhig, ich bald reich." Ich weiß nicht, wie oft ich ihr gesagt habe, wie oft ich sie angefleht habe: „Pokhie, du musst nächste Woche wieder Miete bezahlen. Wenn der nächste Kunde kommt, leg doch einen Teil auf Seite! Bitte."

Pokhie verstand es nicht. Wenn sie Einnahmen hatte, freute sie sich und dachte, sie habe nun Geld im Überfluss. Bis der Tag kam, an dem der Geldeintreiber wieder vor der Tür stand. Dann musste sie sich von ihren Kolleginnen erneut Geld leihen, und ich war froh, als May zurückkam und die Fäden wieder in die Hand nahm.

Pokhie aber war es in den Kopf gestiegen, manchmal über viel Geld verfügen zu können, ohne es wirklich zu besitzen. Sie meinte bei dem Anblick der Scheine wohl tatsächlich, dass sie nun reich sei.

So sagte sie immer wieder: „Mit Geld kann lernen, muss eigenes Etablissement haben." Sie hat lange von dieser Idee geträumt.

„Warum versuchst du nicht, dir etwas anderes aufzubauen, spare doch regelmäßig ein bisschen und lerne besser deutsch. Dann hast du auch hier eine Chance." Ich dachte – wie auch schon früher – an Kellnern oder als Hilfsköchin in einem Thai-Restaurant oder als Verkäuferin. „Ich nicht lesen, nicht schreiben", kam jedes Mal prompt zurück. „Das kannst du aber lernen!" Nein, das wollte sie sich nicht vorstellen.

Und es hätte ihr so gut getan. Sie hätte später wenigstens diesen einen Punkt, beim Ausländeramt entkräften können, nämlich das Argument, dass sie auch nicht besonders viel für ihre Integration getan hat.

Aber Pokhie sah das nicht so. Sie erkannte nicht ihr Grundproblem, dass sie etwas für ihre Bildung tun muss, wenn sie irgendwann aus diesem Kreislauf herauskommen wollte. Genau darin hätte ich ihr helfen können. So aber ging es Stunde für Stunde, Tag für Tag, Woche für Woche in dem gleichen Stil weiter. Pokhie kam nicht vom Fleck.

Zudem entfernte sie sich immer mehr von mir, körperlich als auch emotional. Sie schlief kaum noch in Niederrad. Es war deutlich, dass sie mich nur noch benutzte. Sie rief höchstens noch bei mir an, wenn sie etwas von mir wollte. Meistens, um irgendwohin gefahren zu werden, sei es zum Einkaufen oder an den Bahnhof, um Geld nach Thailand zu schicken. Sie hat sich zu dieser Zeit nie mit mir getroffen, weil sie Sehnsucht hatte. Bestenfalls hatte sie Lust auf einen kleinen Ausflug mit dem Auto. Das was noch mein einziger armseliger Trumpf. Das aber nahm auch mir endlich die Lust.

Eigentlich reagierte ich zu langsam. Dennoch, es war eine extreme Situation, ein Verhältnis, das man mit anderen Beziehungen nicht vergleichen kann. Es schien mehr Nachsicht erforderlich. Oder wäre es umgekehrt richtiger gewesen. Wäre hier auch ‚Weniger' mehr gewesen? Oder hätte ich mehr Druck aufbauen sollen, wenn ich das überhaupt gekonnt hätte? Hatte sie auf der anderen Seite nicht Druck genug?

Fragen, endlose Fragen, ich merkte langsam, wie es mich aushöhlte. Aber wenn ich sie verließ, was hatte sie dann? Ich sah keinen Menschen in ihrer Nähe, mit dem sie ernsthaft reden konnte, keinen, der ihr wirklich helfen wollte. Aber ich schien auch nicht mehr dazu in der Lage zu sein. Doch in meinem Herzen wusste ich, dass ich ihr beistehen würde, wenn andere es schon längst nicht mehr tun konnten. Sie war mir niemals egal.

In diesen Wochen verkroch sich Pokhie mehr und mehr in den Räumen in Eschersheim und mir kam öfter der Gedanke, unser gemeinsames Appartement aufzugeben. Es wurde weder von Pokhie – soweit ich das beurteilen konnte – noch von mir regelmäßig benutzt. Als Aufbewahrungsstätte für Kleider und Toilettenartikel war es zu teuer. Aber noch war ich zur Kündigung nicht bereit.

Doch spielten hier wieder einmal nicht Vernunftgründe sondern rein emotionale Gedanken die entscheidende Rolle. Ich bin einfach davon überzeugt und wiederhole mich, ich empfinde es so extrem, wie dieser Mensch, Pokhie, leben muss. Hier kann ich nicht – und habe es bis heute nicht getan – mit normalen Maßstäben messen. Doch die Beziehung wurde immer schlechter. Schon vor Monaten war sie nicht gut und hätte einer Klärung bedurft.

Aber ich meinte mit jedem Mal, schlimmer kann es nicht werden und lächelte dazu. Doch es kam schlimmer und ich lächelte weiter.

Dann kam das letzte Mai-Wochenende. Es war Samstagabend. Eine Kollegin von Pokhie rief bei mir an:

„Kannst du zu Apotheke fahren und Schwangerschaftstest holen", fragte sie mich. Es traf mich wie ein Schlag und gleichzeitig war auf einmal Hoffnung da. „Für Pokhie?" fragte ich zurück. „Natürlich, ist überfällig, und bring gleich zwei mit, wegen Kontrolle, ist besser."

Die einzige Apotheke, die um diese Zeit noch geöffnet hatte, war am Hauptbahnhof. Ich fuhr also los, ließ mir dort zwei Tests geben und dann gleich weiter nach Eschersheim.

Tausend Dinge gingen mir durch den Kopf. Natürlich brachte ich jetzt Verständnis im Übermaß für sie auf und meinte, alles verzeihen zu müssen. Klar, das musste in Thailand passiert sein. Dann war sie ja schon im dritten oder vierten Monat, denn ich war ja schon drei Monate wieder zurück, ich Einfaltspinsel.

Als ich auf den Klingelknopf des Etablissements drückte, stand ein Jugendlicher neben mir und beobachtete mich. „Der hat beim Puff geklingelt", rief er seinen Kumpels zu. „Ist das verboten?" fragte ich zurück. „Das sind doch auch Menschen!" Erstaunt, sicher auch ein bisschen verunsichert, schlichen die Vier von dannen.

In der Wohnung kam sofort Pokhie aus einem Zimmer und nahm die Teststäbchen. „Blut überfällig", erklärte sie. Dann zog sie sich in das Badezimmer zurück. „Sie wartet schon seit drei Wochen. Man kann nicht mit ihr reden, erst heute haben wir sie überzeugt, dass sie einen Test machen soll", kommentierten die Kolleginnen. Ich wusste bis zu diesem Abend nichts davon.

Sie kam lange nicht zurück. „Fahr nach Hause", wurde mir geraten, „Pokhie will alleine sein." Was blieb mir übrig? Ich fuhr wieder fort, den Kopf voller Gedanken. Aufgrund ihrer Reaktion war ich mir sicher. Sie schwanger.

Sollte das etwa die Lösung sein? Es war vielleicht eine Chance, wenn man es richtig anfasst. Aber konnte es wirklich gut ausgehen? Ich machte mir Hoffnung. Doch belog ich mich damit nicht wieder aufs Neue? War diese Art von Hoffnung nicht eher der Griff nach einem faulen Strohhalm im Herbst?

Am nächsten Morgen, gegen elf Uhr rief ich bei ihr an: „Bist du schwanger?" „Kreis geschlossen, ja." „Hast du den zweiten Test auch schon gemacht?" „Ja, ist 'selbe."

Ich fuhr zu ihr. Sie lag auf dem Bett. Die Kolleginnen wussten nicht, ob sie lachen oder weinen sollten. Es kam ihnen alles nicht geheuer vor. Sie waren realistisch und haben mir auch immer wieder zu verstehen gegeben, dass sie davon überzeugt sind, eine Schwangerschaft kann für Pokhie nicht gut sein.

Pokhie jedoch war verschlossen. Sie äußerte sich zu dem Thema erst einmal nicht. Doch mein Gefühl sagte mir, sie wollte das Kind. Zwei, drei Tage später bestätigte sich meine Vermutung eher beiläufig, als sie erwähnte, dass sie ihrer Mutter erzählt habe, sie freue sich auf das Baby. „Wir müssen schnell zum Arzt", riet ich ihr darauf hin.

„Ja, mach Termin." Da war es wieder. Sie bürdete mir immer wieder Aufgaben auf, die sie eigentlich selbst hätte übernehmen sollen. War sie wirklich nicht fähig, bei einem Arzt nach einem Termin zu fragen? Egal ob Frauenarzt, Hautarzt oder praktischer Arzt, Terminvereinbarungen mussten andere für sie abstimmen, und oft passte es ihr am Ende noch nicht einmal, weil sie gerade müde war oder keine Lust hatte. Manchmal behauptete sie auch, sie habe es vergessen. Mehr als einmal kam es vor, dass der von mir oder einem Dritten für sie vereinbarte Arztbesuch kurzfristig wieder abgesagt wurde.

Gut, ich wollte mich jetzt in ihrem Zustand nicht mit ihr streiten. Ich wusste ja, dass sie schon zwei Kinder verloren hatte und dass es schwer genug sein würde, dieses Neue durch die Schwangerschaft zu bringen.

Also redete ich eindringlich auf sie ein, und beschwor sie, mehr auf ihre Gesundheit zu achten, den Alkoholkonsum zu reduzieren, vor allen Dingen auf scharfe Sachen wie Whisky zu verzichten. Denn ich kannte sie. Wenn sie an einem Abend eine Grenze überschritten hatte, vergaß sie alle Hemmungen.

Schlimmer noch schien ihre Raucherei zu sein. Sie brauchte inzwischen manchmal eine ganze Packung täglich. Auch wenn es eine leichte Sorte war, für das Ungeborene war es nicht gut. Und wenn schon Kind, dann, bitteschön!, ein gesundes. Ein Behindertes wäre für Pokhie der Supergau gewesen – wahrscheinlich. Auch riet ich ihr, keine schweren Sachen mehr zu tragen. „Ja, ja" tat sie einsichtig zu alldem, doch ich merkte, sie würde das so machen, wie gerade ihre Stimmung war.

Einen Termin beim Frauenarzt konnte ich für dieselbe Woche bekommen. Aufgeregt war ich. Sollte sie wirklich ein Baby von mir bekommen? Ich würde es bald wissen.

Die paar Tage bis zu dem Arztbesuch vergingen wie sonst auch. Nur wenn Pokhie etwas von mir wollte, rief sie an. Neuerdings hatte sie eine andere Masche: „Ruf bitte zurück, kein Geld mehr auf Card." Sie gab vor, kein Guthaben mehr auf ihrer Simkarte zu haben. Manchmal, wenn sie nicht mit mir reden wollte, kam auch dieses: „Kein' Power mehr." Sprich, der Akku ist fast leer. Aussagen, die stimmen konnten, aber bei der Häufigkeit der Verwendungen mit Sicherheit auch öfter gelogen waren. Ich hatte mich bereits so an solche Situationen gewöhnt, dass ich die Einseitigkeit fast schon nicht mehr wahrnahm. Dennoch, es musste wohl noch etwas deutlich Massiveres passieren, bis ich meine Hilfeleistungen – war es Hilfe? – für sie einstellte.

Pünktlich holte ich sie am Donnerstag in Eschersheim ab. Es war gerade fünf Uhr nachmittags, der Termin war um halb sechs. Normalerweise – auch im Berufsverkehr – kein Problem, um nach Bockenheim in die Schlossstrasse zu kommen. Doch die Thailänderinnen, diesmal in Mehrzahl, machten es wieder einmal spannend. Pokhie war zwar fertig, aber wir mussten noch auf eine Freundin, die auch mitkommen sollte, warten. Schnell war die nächste Viertelstunde vertrödelt. Es wurde höchste Zeit.

Doch wir schafften es. Als Pokhie aufgerufen wurde, bedeutete sie mir, dass ich mit in das Sprechzimmer kommen solle. Erst gab es die allgemeinen Fragen, schließlich ging die Ärztin mit ihr in ein Nebenzimmer, um den Ultraschall zu machen. Ich hörte, wie Pokhie noch ein paar Fragen beantwortete, dann kamen sie auch schon zurück. Die Ärztin erklärte mir, es sei ein ganz zierlicher Embryo. Auf meine Frage wie alt, sagte sie: „So etwa siebte, achte Woche. Sind sie der Vater?" „Ja", sagte Pokhie. „Nein", antwortete ich. Die Ärztin sah über ihrem Brillenrand irritiert von einem zum anderen und schenkte mir einen verständnisvollen Blick, als ich ihr erklärte, dass Frau M. vor sieben oder acht Wochen in Thailand war, ich aber in Deutschland.

Meine Gefühle waren massiv ambivalent. Zum einen, war klar, dass Pokhie mich angelogen und betrogen hatte, zum anderen war ich erleichtert, weil ich mir in dieser damals meist gereizten Stimmung ein Zusammenleben – wenn ich ehrlich zu mir sein wollte – überhaupt nicht mehr vorstellen konnte. Und Kinder machen es in solchen Situationen kaum einfacher.

Dennoch war ich mehr als verletzt. Als wir zu dem Auto gingen und endlich drin saßen, habe ich Pokhie gefragt, ob sie nichts sagen möchte. Erst ging sie auf meine Frage nicht ein, dann murmelte sie etwas von einem Kunden, aber sie sei doch immer sehr vorsichtig gewesen. Bei allem Verständnis für sie, das ging mir dann doch entschieden zu weit und ich wurde deutlich und fuhr sie an: „Erklär mir das jetzt, ich will wissen wo ich dran bin mit Dir." Keine Antwort. Pokhie sah nur ihre Freundin an, die ihr zunickte. Schließlich meinte Pokhie: „Sprich nicht so laut mit mir!" Dieser Satz kam immer, wenn sie sich in eine Ecke gedrängt fühlte und nicht mehr weiter wusste.

Ich ließ mich nicht beeindrucken: „Du sollst mir sagen, was los ist", wetterte ich weiter. Sie schwieg, während ich mich noch mehr in Rage redete. Ich weiß nicht, ob ich wütender war, weil sie mich betrogen hatte, oder, weil sie keine Anstalten machte, mit mir darüber zu reden. Ich denke letzteres brachte das Fass zum Überlaufen.

Schließlich hielt ich es nicht mehr aus: „Mach, dass du hier raus kommst", brüllte ich sie an. Sie schleuderte mir irgendwelche verbalen Giftpfeile entgegen. „Raus!" sagte ich nur noch, „Raus!"

Pokhie nahm ihr Handtäschchen, schnappte sich ihr Bild, das im Auto hing, stieg aus, die Freundin hinterher. Dann knallte sie die Autotür zu. Die Freundin legte ihre Hand um Pokhies Schulter. Ich sah noch, dass Pokhie weinte … und sie tat mir schon wieder leid. Es war alles nicht mit normalen Maßstäben zu messen.

Allein, ich blieb hart. An diesem Tag und auch die nächsten Tage meldete ich mich nicht bei ihr. Am vierten oder fünften Tag danach rief sie an: „Geht gut? Du hab' Zeit?" Ich traf mich also wieder mit ihr, und das Theater nahm weiter seinen Lauf. Ich hatte mir vorgenommen, trotz des fremden Babies zunächst bei ihr zu bleiben und sie zu unterstützen.

Ihr Verhalten änderte sich dadurch mir gegenüber nicht. Sie war hochnäsig und meinte, alles mit mir machen zu können. Auch beobachtete ich, dass Pokhie keine besondere Rücksicht auf das werdende Leben in ihrem Bauch nahm. Sie rauchte eher mehr als weniger. Ihren Alkoholkonsum schränkte sie wohl auch nur geringfügig ein. Das einzige, was mir positiv auffiel, war, dass sie vermied, schwere Sachen zu tragen.

Die meisten Kolleginnen sagten Pokhie zwar, dass sie sich auf das Baby freuen und es bestimmt schön sei, wenn sie ein Kind habe. Mir gegenüber aber wurde öfter eine skeptischere Haltung eingenommen: „Das ist nicht gut für Pokhie. Sie kommt jetzt schon mit ihrem Leben nicht zurecht. Wie soll das gehen?"

Pokhie jedoch war jeder Skepsis dem werdenden Baby gegenüber taub. Sie freute sich wahnsinnig über das was sie unter ihrem Herzen trug. Ich habe ihre Gefühle nicht verstanden, damals. Ich habe vor allen Dingen nicht verstanden, wie sie ihr Leben mit dieser zusätzlichen Last – ich konnte es nicht anders bezeichnen – organisieren wollte. Hatte sie überhaupt eine Vorstellung, was da auf sie zukommen würde? Gewiss, ich hatte ihr meine Unterstützung angeboten, aber das hieß ja nicht, dass sie ihr Leben in dieser Unorganisiertheit weiterführen konnte, wenn das Kind auch nur eine minimale Chance haben sollte, einigermaßen vernünftig aufzuwachsen.

Ich bin heute davon überzeugt, dass Pokhie das Baby als Chance begriff, als Chance für sich, aus dem Milieu auszusteigen. Vielleicht sah sie nur die paar Monate der Schwangerschaft und der Erholungsphase nach der Geburt, um für kurze Zeit aus dieser Arbeit herauszukommen. Unter Umständen war das der einzige Grund für sie, das Kindchen zu bekommen.

Bis heute weiß ich es nicht. Ich habe sie nie mehr dazu gefragt.

Am 7. August, einem Sonntag, hatte ich mich mit Pokhie wieder einmal verabredet. Wir hatten uns in ein Zimmer zurückgezogen und konnten miteinander sprechen, wie es lange nicht mehr möglich gewesen war. Es waren, ein, zwei sehr harmonische Stunden. Auch wenn sie mir sagte „Du erreich mein Herz nicht, deswegen bin manchmal so. Aber will, dass du erreichst." Ich empfand, dass sie die Wahrheit sprach. Das Pflänzchen Hoffnung begann wieder in mir zu wachsen. Mit einem seligen Gefühl im Herzen bin ich nach Hause gefahren, habe diese Stimmung genossen, und bin später damit eingeschlafen.

Unsanft wurde ich von meinem klingelnden Handy aus den Träumen gerissen. Es war morgens halb vier. „Kannst Du ganz schnell kommen", sagte May, „Pokhie hat Blut verloren." Ich war sofort wach. Sprang aus dem Bett, zog mich an und raste mit dem Auto Richtung Eschersheim. Natürlich ging mir die Fahrerei nicht schnell genug. An jeder roten Ampel fluchte ich, weil ich wusste, dass jede Minute, jede Sekunde wichtig sein konnte. Endlich war ich angekommen, stellte das Auto ab und klingelte. Von innen wurde sofort auf den Türöffner gedrückt und ich ging in das Haus.

Pokhie lag in eine Decke gehüllt auf einem Bett. Sie war apathisch, wohl von dem Schock des Erlittenen. Das Laken schien durchnässt. „War die Fruchtblase geplatzt?" fragte mich mein laienhafter Verstand. Dann war nichts mehr zu machen.

Zu dritt schleppten wir sie ans Auto, ängstlich bemüht, ihr nur vorsichtige Bewegungen zuzumuten. Endlich war es geschafft, Pokhie saß auf dem Beifahrersitz, wir fuhren los. Die Fahrt dauerte zehn, vielleicht fünfzehn Minuten. So schnell es ging, aber auch so vorsichtig wie nötig, steuerte ich den Wagen die paar Kilometer durch die Nacht. Die halbe Strecke war zurückgelegt, als Pokhie leicht aufstöhnte und ich ahnte, was in diesem Augenblick passiert war.

Das Krankenhaus hatten wir vorab über unser Kommen informiert. Ein Pfleger mit einem Rollstuhl wartete bereits am Eingang. Die gynäkologische Abteilung war im dritten oder vierten Stock. Die Fahrt mit dem Aufzug schien kein Ende nehmen zu wollen. Als sich die Tür des Fahrstuhls öffnete, empfing uns die Nachtschwester und führte uns in ein Untersuchungszimmer. Die Dienst habende Ärztin kam sofort hinzu.

Pokhie lag kaum auf dem Bett und hatte ihren Bauch freigemacht, als sie schon mit Ultraschall abgetastet wurde. „Das ist leer, da ist nichts mehr", sagte die Ärztin mehr zu sich selbst. Und auch wir Laien erkannten das. Kurze Zeit danach sahen wir den kleinen Wurm. Es wäre ein Bub geworden …

Das Bimmeln der ersten Straßenbahn, den Lärm der vorbeihastenden Autos, das alles nahmen wir nur verschwommen wahr. Pokhie war vollkommen in sich gekehrt. Ich konnte sie nicht erreichen, ihre Kollegin, zu der sie ein gutes Verhältnis hatte, versuchte tröstend auf sie einzuwirken. Alle Bemühungen prallten von ihr ab.

Schließlich ließen wir sie für Augenblicke allein und gingen in die Cafeteria im Erdgeschoß, genehmigten uns dort aus dem Automaten einen Kaffee oder Tee. Weil wir keine Ruhe hatten, schlürften wir die Getränke heiß hinunter und waren nach ein paar Minuten wieder zurück auf der Station.

Pokhie hatte inzwischen ein beruhigendes Medikament bekommen. So konnte auch die einzige Frage, die noch blieb, geklärt werden: „Soll das Totgeborene beerdigt werden oder entsorgt …?"

Für Pokhie schien diese Frage vollkommen unverständlich. Es war doch ihr Kind! Ein Lebewesen, dem sie gerne Mutter gewesen wäre. Wieso nicht beerdigen? Ihre Augen, ihr Gesicht, ihr zarter kleiner Körper drückten Hilflosigkeit aus, absolute Ratlosigkeit. „Wieso diese Frage?" schien sie zu sagen. „Ich nicht verstehen", quälte sich schließlich aus ihrem Mund. Ich verstand schon. In unserer Kulturgesellschaft wird sogar eine kleine Totgeburt nur auf den ausdrücklichen Wunsch der Mutter beerdigt, im anderen Fall als Müll entsorgt.

In Thailand glauben sie zwar manchmal an Geister, aber in aller Regel erhebt sich die Frage nicht, was mit einer toten Geburt angestellt werden soll. Natürlich wollte Pokhie für ihr Kind eine ordentliche Beerdigung. „Sag es! Sag es!" In diesem Moment verstanden wir uns wieder blind. Doch auch die Ärztin hatte verstanden und nur noch gefragt, ob Pokhie ein Bild des toten Embryos haben möchte. Pokhie nickte und bekam die Fotografie in die Hand.

Danach verfiel die Thailänderin wieder in ihre apathische Stimmung. Wir merkten, sie wollte mit sich alleine sein. So sagte ich zu ihr: „Ich fahre Suni nach Eschersheim und komme am Nachmittag wieder."

Als ich zu Hause ankam, war es schon sieben Uhr. Eigentlich hätte ich zur Arbeit gemusst, aber ich war dazu nicht fähig. Ich rief im Büro an, ließ mir eine Ausrede einfallen und nahm einen Tag Urlaub.

Ich legte mich hin. Schlafen konnte ich nicht. Ich machte mir große Gedanken um Pokhie. Ich ahnte, dass diese

Fehlgeburt entsetzlich für sie war. Sie hatte Hoffnung damit verbunden, wie ich meinte, unendlich viel Hoffnung. Wieso auch immer. Ich grübelte und grübelte und kam zu keinem Ergebnis. Und trotzdem sind es solche Stunden, in denen man weiß, warum man auf der Welt ist, in denen man lernt, Wichtiges von Unwichtigem zu unterscheiden.

Dann kam der Anruf der Kollegin, sie fragte, ob ich Zeit habe. Pokhie wolle nach Hause. Nach Hause? „Wo ist ihr zu Hause?" schoss es mir durch den Kopf.

Hatte nicht auch die Ärztin gesagt, Pokhie solle mindestens noch die nächste Nacht zur Beobachtung im Krankenhaus bleiben? Ich fand auch, das wäre auf jeden Fall besser. Allerdings wusste ich, was sich Pokhie in den Kopf setzt, das muss auch ausgeführt werden, wenn das auch regelmäßig andere umzusetzen haben.

Was blieb mir übrig? Ich fuhr zum Krankenhaus. Pokhie lag in einem Dreibettzimmer, ihr Bett stand am Fenster. Den Rücken hatte sie mir zugewandt. Als die Tür ging, drehte sie kurz den Kopf, um zu sehen, wer eintrat. Nachdem sie mich erkannt hatte, wendete sie sich wieder dem Fenster zu. Ich setzte mich auf eine Bettkante und streichelte sie. Keine Reaktion. „Will nach Hause", sagte sie zu dem Fenster. Das Fenster blieb stumm. Ich antwortete: „Das geht nicht. Das ist zu gefährlich." „Sprich mit Arzt", sagte sie wieder zu dem Fenster, „sonst ich gehen so." Ich nahm also noch einmal zu der Stationsärztin Kontakt auf. Auch diese riet wieder dringend, Pokhie solle noch bleiben. Aber erst ein Telefonat mit der Kollegin und der Mutter in Thailand konnte sie überzeugen. Ich blieb noch einen Moment und erlebte dabei, wie die Schwester Pokhie ansprach: „Ist das Dein Freund?" Pokhie nickte. Mich störte etwas sehr dabei. Es war das ‚Du' in der Frage.

Bald danach fuhr ich nach Hause. Am nächsten Tag wollte ich Pokhie abholen. Doch als ich gegen siebzehn Uhr im Krankenhaus war, fragte ich vorsichtshalber an der Pforte nach, ob Frau M. noch da sei. „Nein", wurde mir beschieden, sie ist schon heute Vormittag heimgegangen. Als ob ich es geahnt hätte.

Für die Beerdigung, die zusammen mit anderen Totgeburten stattfinden würde, waren ein paar Formalitäten mit dem Krankenhaus und dem Friedhofsamt zu klären. Nach einigen Telefonaten wussten wir, dass die kleine Trauerfeier am 31. August stattfinden würde, zwei Tage nach meinem sechzigsten Geburtstag.

Es waren zu dieser Zeit noch etwa zwei Wochen bis zu meinem Jubiläum. Die Tage plätscherten so vor sich hin. Die Beziehung zu Pokhie war tot. Sie ging ihre Wege, sagte mir kaum, wo sie war, was sie vorhatte. Sie schwieg.

Es fiel mir zunehmend schwerer, alles mit ihrem grausamen Leben zu entschuldigen. Ich wusste trotzdem, dass ich aus meinem Innersten heraus bereit sein musste, mit ihr zu brechen. Die Zeit in mir musste ‚reif' sein. Aber oft spürte ich schon Kälte in mir aufsteigen.

Dennoch hatte ich vor, mit ihr zusammen meinen Geburtstag zu feiern. Der Vorabend war ein Sonntag. Pokhie wollte mit mir auf ein Mainschiff. Also hatte ich Karten dafür besorgt. Sonntagnachmittags traf ich sie noch einmal in Eschersheim, um mit ihr ein paar Belanglosigkeiten zu besprechen. Als ich fort ging sagte sie: „Kann' du Blumen für Oma holen, hier hab' du Geld" und sie hielt mir zwanzig Euro hin. „Das geht jetzt nicht mehr. Ich muss noch nach Hause, mich umziehen. Um fünf Uhr bin ich wieder hier. Um sechs geht das Schiff." Es war schon halb vier und die Zeit würde schnell vergangen sein. Das mit den Blumen würde ich nicht mehr hinbekommen.

„Bis fünf", sagte ich. Ich verstand kaum, als sie murmelte: „Vielleicht…" „Du wirst doch nicht …", blitzte ein Gedanke auf und verschwand gleich wieder. Ich zog die Tür hinter mir zu und ging zu meinem Wagen. Ernsthaft hatte ich mir keine Sorgen gemacht, das würde sie – bei allem, was ich ihr zutraute – nicht fertig bringen. So dachte ich.

Als ich sie zum vereinbarten Zeitpunkt abholen wollte, waren alle Damen ausgeflogen. Keine Antwort auf mein Klingeln, erst recht keine Reaktion von Pokhie, die ich auf dem Handy zu erreichen versuchte.

Ich war nicht einmal besonders erschüttert, ich war eher erleichtert, fühlte ich doch, dies konnte der ‚Point of no return' werden. Ich fuhr zum ‚Eisernen Steg', also zu der Stelle, an der die Ausflugsdampfer anlegen. Ich wollte ihr eine letzte Chance geben. Hier wartete ich, schaute mir die Augen aus, in der Hoffnung, Pokhie möge nicht kommen. Es wurde zwanzig vor sechs, ich sah, wie sich das Schiff langsam füllte. Ich sah sie nicht. Es wurde viertel vor sechs, Pokhie war nicht zu sehen, auch Anrufe auf dem Handy bestätigten mir, sie wollte nicht erreichbar sein.

„Nur zu", dachte ich, „je mehr desto besser … diesmal für mich."

Fünf vor sechs. Wenn sie jetzt auftauchen würde, ging das Trauerspiel in die nächste Runde. Pokhie war auch nicht zu sehen, als die vollbesetzte ‚Wikinger II' sich langsam vom Ufer löste und, flussaufwärts stampfend, entfernte.

Fetzen von den ersten Musikstücken erreichten das Ufer. Ich griff in meine Jackentasche und kramte die beiden Tickets hervor. Jemand ging mit einem Transistorradio vorbei. ‚Blowing in the wind' tönte es. „Falsch", dachte ich, als ich die Karten zerriss und über das Geländer in den Fluss warf, „Fallen in the water", müsste es heißen.

Das Appartement war schnell gekündigt. Ich hatte keine Sehnsucht mehr nach Pokhie. Ich war von ihr geheilt.

Ein paar Tage hörte ich nichts von ihr. Vielleicht eine Woche nach meinem Geburtstag meldete sie sich. Sie bat mich nicht, zurückzurufen, weil sie Geld sparen wollte.

„Will mit dir sprechen." „Ich nicht", antwortete ich und legte auf. Kurze Zeit später klingelte mein Handy erneut. Diesmal war es Suni, sie sprach viel besser deutsch als Pokhie: „Pokhie möchte mit dir reden, bitte sprich mit ihr." „Ich will nichts mehr von ihr wissen", antwortete ich. „Sie soll ihre Sachen aus unserem Appartement abholen, am 30. September ist dort Schluss, ich habe gekündigt." Lange Gesprächspause. Im Hintergrund hörte ich thailändisches Getuschel. Dann wurde aufgelegt.

Für die ‚Abwicklung' der Trennung wurde Suni als ‚Dolmetscher' zwischengeschaltet. Doch viel gab es nicht zu klären. Pokhie holte ihre paar Sachen ab oder ließ sie abholen und legte den Schlüssel auf den Couchtisch. Den Zweitschlüssel hatte sowieso ich. Aufgeräumt und ein bisschen geputzt habe ich dann. Zu bemängeln gab es nichts. Pokhie war, was Sauberkeit betraf, stets peinlich darum bemüht, dass in der Wohnung bis zum letzten Tag alles in Ordnung war. Das Appartement konnte am 30. September ohne Beanstandung übergeben werden.

Ein paar Tage vorher, am 22., wurde Pokhie vierundzwanzig. Ich hatte nicht den Wunsch, mit ihr direkten Kontakt aufzunehmen, doch wollte ich ihr ein kleines Zeichen geben, dass ich trotz allem ihren Geburtstag nicht vergessen hatte. Trotz allem, was an unschönen Dingen zwischen uns geschehen war, wollte ich das so. Ich gratulierte ihr mit einer SMS auf ihrem Handy.

Monate später hat sie mir erzählt, dass sie den kurzen Text, den sie nicht lesen konnte, einer Kollegin gezeigt hat. Es war wohl Suni, die ihr dann sagte: „Siehst du, er denkt doch an dich."

Trotz all dem Verdruss, den mir die kleine Thailänderin zugefügt hatte, muss ich zugeben, dass mich vieles aus der für mich geheimnisvollen asiatischen Welt zu interessieren begann. Es war nicht nur Pokhie gewesen, es war auch die andere, die asiatische Lebensart, die mich eingefangen hatte.

Ich war es immer gewohnt, die Dinge systematisch nach einem bestimmten Muster zu behandeln und so war auch mein Lebensweg. Ich wusste, was ich konnte, danach richteten sich meine Ziele aus. Ich kam nie auf den Gedanken, dass man auch ein Ziel haben kann, um dann die Mittel dafür zusammenzustellen oder einfach die Zeit wirken zu lassen. Entweder ich sah, dass es ging, oder ich sah, dass es nicht ging. Wenn es nicht ging, strich ich es aus meinen Überlegungen.

Durch meinen ersten Urlaub mit Pokhie in Thailand ist mir bewusst geworden, dass der Unterschied zwischen Frankfurt und Bangkok nicht nur fünftausendvierhundert Meilen sind. Ich habe gelernt, dass einige westliche Ideale, wie Pünktlichkeit, systematisches Arbeiten und Ähnliches, dort einen geringen Stellenwert haben. Man wird keinem Thailänder deutlich machen können, warum Zuverlässigkeit und Fleiß so absolut wichtig sind. Und wenn man ernsthaft und tief darüber nachdenkt, könnte man sich sogar als gut erzogener Europäer dazu durchringen, dass dies mit dem Wohlfühlen des einzelnen nicht so viel zu tun hat, wie uns hier manchmal erzählt wird. Wie bei so vielem liegt die Wahrheit wahrscheinlich auch hier in der Mitte.

Demgegenüber hat der Gesichtsverlust eine zentrale Bedeutung und kann ein Verhalten hervorrufen, welches für den Europäer manchmal kaum nachvollziehbar ist. Zusätzlich sind die Familienbindungen in Thailand eine Macht, die ernst zu nehmen ist, eine Macht, die viele Dinge verändern könnte, wenn man sie richtig anwendet, hier wie dort.

Ich konnte mir also durchaus vorstellen – auch in der Zeitrechnung nach Pokhie – mich mit Asien, seinen Menschen und damit seinen Lebensformen weiter zu befassen. Auch aus diesem Grund hatte ich in den letzten Wochen begonnen, über das Internet neue Bekanntschaften mit Leuten aus diesem Teil der Erde zu knüpfen. Allerdings bin ich wieder an Thailand hängen geblieben.

Nur am Rande sei bemerkt, dass mir auch bei meinen neuen Kontakten die Unterschiedlichkeit der Vorstellungen und Einschätzungen aufgefallen ist. Heute weiß ich, dass vieles auch am veralteten Schulsystem Thailands liegt, denn in den Schulen wird der größte Wert lediglich auf Auswendiglernen gelegt. Das Erlernen von Zusammenhängen wird kaum geübt. Aber immerhin gibt es inzwischen wohl so etwas wie eine allgemeine Schulpflicht.

Das lässt aber auch darauf schließen, dass die Thais, sobald die Dinge einen komplizierten Weg nehmen, eine möglichst einfache Lösung suchen. So gilt dort eher die Regel, das Leben wird weitergehen, auch wenn ich heute leider nicht soviel dafür tun kann. Mit dieser Einstellung lebt man in den meisten Ländern Europas unter einer Brücke. In Thailand lebt man damit so, wie etwa neunzig Prozent seiner Bevölkerung. Man lebt schlecht, aber hat sehr viele, denen es ähnlich geht und fühlt sich verbunden, um nicht zu sagen solidarisch.

Das bedeutet auch, dass die Normen, die das gesellschaftliche Verhalten eines Volkes ausmachen, nicht aus der Sicht des europäischen Wohlstandes zu betrachten sind. Wenn neunzig Prozent der Bevölkerung auf solch einem niedrigen Lebensstandard leben müssen wie er in den armen Ländern dieser Welt gegeben ist, dann sind die Verhaltensweisen der dortigen Einwohner unter der Prämisse zu sehen: „Ich will heute überleben." Insofern ist es fatal, wenn wir Moral, Korruption und vieles andere aus dem Blickwinkel unseres westlichen Wohlstandes betrachten. Schon Brecht hat dazu gesagt: „Erst kommt das Fressen, dann die Moral." Es ist eben für eine Beurteilung notwendig, viele Dinge zu relativieren, aber auch nicht alles.

Inzwischen hatte ich Payoum über das Internet kennengelernt. Ich mochte sie, weil sie mir einen anderen Umgang bieten konnte, als es Pokhie wohl jemals möglich sein würde. Payoum war einigermaßen gebildet, konnte in Grundzügen englisch lesen und schreiben. Nach kurzer Zeit merkte ich, die Frau ist mir sympathisch und ich wurde neugierig. Da sie auch interessiert war, hatten wir recht schnell verabredet, dass ich sie im Oktober in ihrer Heimat Chiang Rai, im Norden von Thailand, besuchen würde.

Am 5. Oktober abends, ich sah gerade die Tagesschau, klingelte mein Handy: „Wie geht dir?" fragte mich eine bekannte Stimme. Es war Pokhie. Da meine Gefühle zu ihr in der alten Form nicht mehr vorhanden waren, behielt meine Stimme ihre normale Tonlage. Ich lehnte mich entspannt im Sessel zurück. „Gut", antwortete ich und fragte: „Und Dir?" Natürlich sagte sie so etwas wie ‚auch gut'.

„Können wir uns treffen, ich möchte sprechen", bat sie. Ich hatte nichts dagegen, und wir verabredeten uns für einen der nächsten Tage. Ich holte sie ab wie früher, aber die Situation war anders. Das spürte sie. Sie war sehr pünktlich, ich musste nicht warten und sie hatte ihr Gute-

Laune-Kleid angezogen, will heißen, sie bemühte sich sehr, es nicht mit mir zu verderben. Sie strengte sich richtig an. Sie überließ mir die Wahl des Lokals und war mit meinem Vorschlag sofort einverstanden.

Wir fuhren nach Sachsenhausen. Unterwegs merkte ich, dass sie unruhig auf dem Autositz hin und her rutschte. Aber ich dachte: „Du darfst jetzt erst einmal schmoren." Ich ahnte, was ihr auf der Seele brannte. Ich tat, als würde ich nichts merken. Es mag gemein gewesen sein, aber ich genoss die Szene und es entsprach ja nun mal auch der Tatsache, dass inzwischen jemand anderes für mich wichtiger war.

Ich hatte ein Restaurant ausgesucht, das wir beide kannten. Nach Wochen der Abstinenz war ich hungrig auf thailändisches Essen und so schmeckte es mir auch wieder sehr gut. Pokhie und ich unterhielten uns am Anfang über absolute Belanglosigkeiten. Gegen Ende der Mahlzeit rückte sie mit ihrem Hauptanliegen heraus. „Hab' du neue Freundin?" Ich sah ihr in die Augen: „Ja", sagte ich. Ihr Gesicht zuckte kaum, aber ich bemerkte, es passte ihr nicht. Ich kannte sie gut. Doch sie beherrschte sich. Ich zeigte ihr ein Foto. „Oh, sie hübsch. Wann du flieg?" überraschte sie mich. „In einer Woche", antwortete ich. „Können wir Freunde bleiben?" bat sie. Dagegen hatte ich nichts einzuwenden. „Das können wir", sagte ich, und sie wirkte erleichtert. Vielleicht witterte sie auch noch eine Chance, aber ich glaube und weiß eigentlich heute, dass der Kontakt zu mir für sie das Wichtigere war. So gesehen verlief der Abend in beider Zufriedenheit.

Die Tage bis zu meinem Abflug vergingen schnell und ich freute mich sehr auf Thailand und Payoum. Endlich saß ich im Flugzeug und war froh, am Fenster zu sitzen. Ich hatte den Abendflug gebucht auch in der Hoffnung, ich könne diesmal schlafen. Doch daraus wurde wieder nichts. Also stimmte ich mich mit einem thailändischen Gericht auf die kommenden Tage ein.

Um die Mittagszeit landeten wir. Dann kam der langweiligste Teil, denn ich hatte fast sieben Stunden Wartezeit auf den Anschlussflug. Aber dies ging auch vorüber und ich kam wohlbehalten in Chiang Rai an.

Payoum, die mir einige Fotos zugemailt hatte, erkannte ich schnell. Als erstes, nachdem wir uns vergewissert hatten, dass wir die Erwarteten waren, nahm sie meine Hand und ließ nicht mehr los. Das bedeutete wohl, du gehörst jetzt mir. In meiner damaligen Verliebtheit war mir das durchaus recht. Es gab also kein vorsichtiges Herantasten. Nein, die Karten waren bereits gemischt und vergeben, bevor ich sie mir ansehen konnte. Natürlich galt das auch für Payoum.

So ging alles in jeder Beziehung sehr schnell – zu schnell. Das merkte ich damals nicht, oder es war mir egal. Auf jeden Fall fand ich es bequem. Die ganzen Probleme, die ich mit Pokhie durchlebt hatte, waren vorbei. Im Vergleich dazu schien ich in einem Paradies gelandet zu sein.

Wir haben viel unternommen. Und Payoum hat sich wirklich Mühe gemacht, mir den Aufenthalt angenehm und interessant zu gestalten. Jeden Tag hatte sie etwas anderes auf dem Programm, so dass ich kaum wahrnahm, wie schnell die Zeit verging. Als ich nach einer Woche wieder im Flugzeug nach Frankfurt saß, merkte ich auf einmal den Kloß in meinem Hals. Der wollte mir wohl sagen: Du wirst Payoum vermissen! So schrieb ich ihr eine kurze SMS noch bevor das Flugzeug startete, und Seelen, die sich mögen, tun manchmal das gleiche. Im gleichen Moment schickte sie mir ähnliche Worte auf mein Handy. In Frankfurt angekommen, stürzte ich mich auf meine

Arbeit im Büro. Doch meine Gedanken waren oft in Thailand und ich freute mich, dass Payoum mir versprochen hatte, einen Englischlehrgang zu besuchen. Ich hatte bei meinem Besuch vorsichtig angedeutet, dass für eine funktionierende Beziehung eine reibungslose Kommunikation Grundvoraussetzung ist.

Aber auch Pokhie drängte sich wieder in mein Leben. Doch da ich nicht mehr in sie verliebt war, hatte ich Abstand genug zu begreifen, dass sie als Lebensgefährtin nicht die Richtige sein konnte. Aber als Kumpel sah ich sie gerne an meiner Seite.

Pokhie hat sich sehr kameradschaftlich verhalten. Sie sprach zwar davon, wie schlecht sie mich behandelt habe, und dass sie mit Freuden alles rückgängig machen würde. Aber sie hat nie versucht, auszunutzen, dass sie in meiner Nähe war, während meine Freundin in Chiang Rai lebte.

Jetzt auf einmal konnten Pokhie und ich viele lange Gespräche, die sich in aller Regel um ihre Lebensprobleme drehten, führen. Es waren immer wieder die gleichen Themen. Zum einen wusste sie nicht, wie sie ein dauerhaftes Bleiberecht in Deutschland bekommen solle. Ihr Mann war mit seinen Erpressungsversuchen dabei eine zusätzliche Belastung, ein Parasit, der kein Einkommen, hatte. Sie musste froh sein für jeden Tag, an dem er nicht zum Ordnungsamt ging und sie anschwärzte. Weil Pokhie die ganzen Zusammenhänge überhaupt nicht verstand, hatte sie von alledem auch keine klare Vorstellung. Die Bilder, wie sie ihren Papier-Ehemann sah, wechselten fast täglich. So sprach sie an einem Tag davon, wie schlimm sie von Michael behandelt werde und dass sie richtig Angst vor ihm habe, um mir am nächsten Tag zu erklären: „Michael gar nicht so schlecht. Michael macht gut." Drei Tage danach bat sie mich, ihre Wohnungstür zu verstärken, weil sie befürchtete, ihr Mann würde kommen und sie eintreten.

Angst hatte sie aber auch vor der Zukunft ganz allgemein. Ihr war bewusst, dass sie mit dem Älterwerden immer weiter sozial absteigen würde. Ganz abgesehen davon, dass sie es jedes Mal wie eine bezahlte Vergewaltigung erlebte, wenn sie mit einem Kunden ins Bett ging.

Das dritte, was ihr zunehmend Sorgen bereitete, war, dass sie nie wirklich genug Geld hatte. Durch ihre Weigerung, mit allen Freiern zu schlafen, die sie wollten, hatte sie meistens weniger Geld als andere Frauen, die die gleiche Arbeit machten.

Trotz der eigentlich immer traurigen Gesprächsinhalte waren die Treffen mit ihr ab dieser Zeit für beide Seiten so etwas wie ein schöner Abschluss des Tages. Ich spürte, so sonderbar das jetzt klingen mag, aber ich spürte jetzt tatsächlich, dass sie mir immer öfter ihr Vertrauen schenkte.

Wenn sie Geborgenheit brauchte, rief sie an. „Können wir was essen gehen?" „Können wir ein Stück – bitte, bitte nur halb' Stund!' – mit dem Auto fahren?" „Möchte anderes sehen." Oft fielen dann wieder die kleinen Sätze wie: „Oh, der Berg aber schön" und sie meinte damit den Taunus. Ich erinnere mich gerne an diese einfachen Aussagen. Das, was nicht möglich war, als Pokhie und ich zusammen waren, funktionierte jetzt wunderbar. Wir konnten uns unterhalten, oder gemeinsam Dinge unternehmen, ohne dass Aggressivität im Spiel war. Ich musste nicht mehr jedes Wort auf die Goldwaage legen und Pokhie blühte auf, wenn wir uns trafen. Sie konnte manchmal richtig befreit auflachen.

Den Satz: „Ich hab' schlecht mit Dir gemacht, möchte Zeit zurückdrehen." hat sie oft wiederholt. Mit solchen

Äußerungen hat mir Pokhie immer wieder deutlich gezeigt, dass es alles Menschen und keine Maschinen oder Automaten sind.

So genossen wir die Stunden des Zusammenseins. Ich denke, jeder auf seine Art. Ich traf mich also weiterhin regelmäßig mit ihr. Es waren sehr freundschaftliche Begegnungen, auch weil Pokhie wusste, dass ich von einer ernsthaften Beziehung zu Payoum ausging.

Nach meinem Besuch in Chiang Rai hielten Payoum and ich weiterhin engen Kontakt über Telefonate, E-Mails oder auch SMS. So freute ich mich sehr auf meine zweite Reise zu ihr.

Als ich im Februar das Flugzeug bestieg, war es das vierte Mal innerhalb von zwölf Monaten, dass ich Thailand besuchte. Es war die gleiche Jahreszeit wie bei meiner ersten Reise dorthin. Nur war mein Ziel jetzt nicht Nong Bua Lamphu im Isaan, sondern Chiang Rai, das auch zum Goldenen Dreieck zählt. Damit ist die Region im Grenzgebiet der Staaten Thailand, Laos und Myanmar, dem ehemaligen Burma, gemeint. Eigentlich könnte man auch noch China dazuzählen, denn auch dieses Land hat die Kultur und die Menschen dort beeinflusst.

Als europäischer Tourist reist man anfangs mit gemischten Gefühlen in diese Gegend, wenn man daran denkt, dass dort fünfundsiebzig Prozent der Weltheroinproduktion ihren Ursprung haben. Aber außer häufigeren Polizeikontrollen habe ich nichts Außergewöhnliches bemerkt.

Die Temperaturen am Goldenen Dreieck sind nicht so erdrückend heiß und schwül wie im Isaan und bilden so für Europäer das wesentlich angenehmere Klima. Auch deshalb hatten Payoum und ich Lust, viele Ausflüge an den Mekong oder das Grenzgebiet nach Laos zu machen. Die Gebirgslandschaften dort im Norden des Landes mit den letzten Ausläufern des Himalaja sind sehr reizvoll und werden auf den höchsten Punkten der Berge immer wieder von pompösen, im Sonnenschein strahlenden, Buddhastatuen geschmückt.

Bei meinem ersten Besuch habe ich darin noch eine Verschandlung der Landschaft gesehen und es hat mich sehr gestört. Heute kann ich mir diese imposanten Figuren nicht mehr wegdenken. Je mehr ich von Thailand kennen gelernt habe, desto deutlicher spüre ich, dass diese Statuen, wenn man die Kultur des Landes akzeptiert, tatsächlich dorthin gehören.

Das Gebiet nördlich von Chiang Rai ist neben dem Isaan vielleicht am ursprünglichsten und man kann eine Vielzahl von unterschiedlichen Eindrücken gewinnen und jahrhundertealte Volksstamme und Traditionen kennen lernen.

Zum Beispiel das Volk der Lana, die mit einzigartiger Webtechnik Röcke, Jacken und Schals herstellen und dies alles in einer sehr harmonischen Farbenvielfalt kreieren.

Ein ganz anderer Hintergrund begleitet die Longnecks. Die Frauen dieses Stammes sind vor Jahren aus Myanmar geflüchtet, weil sie dort diskriminiert wurden. Auch in Thailand sind sie nur geduldet und dürfen ihr Reservat nicht verlassen. Das besondere ist, dass sie ab dem fünften Lebensjahr Metallringe um den Hals tragen müssen, weil dies angeblich vor wilden Tigern schützen soll.

In der zweiten Urlaubswoche planten Payoum und ich den Norden zu verlassen und über Ayutthaya und Bangkok an das Meer zu reisen. Also stiegen wir in ein Flugzeug, das uns zunächst in die Hauptstadt brachte.

Dort mieteten wir einen Kleinbus mit Fahrer, der uns nach Ayutthaya brachte. Diese Stadt ist ein Erlebnis. Nicht das heutige Ayutthaya, das sieht genauso schrecklich aus wie viele andere Städte auch. Heruntergekommen. Putz, der von den Häuserfassaden abbröckelt, kleine Müllkippen auf den Bürgersteigen, scheinbar sinnlos miteinander verbundene Stromkabel über den Dächern, ein ausgebranntes Dachgeschoß und direkt daneben eine große Buddhastatue und zwischen all diesem die Menschen, die teilweise hetzend auf Motorbikes durch die Straßen jagen, teilweise apathisch auf dem Boden hocken, weil sie nicht wissen, was ihnen der Tag heute und das Morgen und ihr weiteres restliches Leben bedeuten soll.

Nein, das Ayutthaya, das ich meine, ist die Ruinenstadt der mächtigen Herrscher von Ayutthaya, die Stadt der ‚Engel und Könige'. Noch heute lässt sich die ehemalige Pracht und Größe dieser mittelalterlichen Stadtanlage erahnen. Alleine die Mächtigkeit, die die Monumentreste noch ausstrahlen, ist überwältigend.

Unter den Türmen sollen sich in Kammern die Reliquien von Heiligen und Königen befunden haben. Auch der historische Buddha soll unter einem Turm dort angeblich bestattet worden sein.

Wie so viele prachtvolle Anlagen, hat auch Ayutthaya nicht in seinem ursprünglichen Glanz überleben können. Im 18. Jahrhundert, 1767, wurde die Stadt, die ein paar Jahrzehnte vorher noch eine Million Einwohner hatte, nach zweijähriger Belagerung durch Truppen des feindlichen Burma dem Erdboden gleichgemacht und total ausgeraubt. So sind heute leider nur noch die mächtigen Fragmente zu bewundern. Thailand hat dies den Burmesen nie verziehen. Aber niemand erzählt, dass die Thais es im Jahre 1828 mit Vientiane ähnlich gemacht haben.

Nach Ayutthaya blieben mir nur noch drei Urlaubstage übrig und wir reisten weiter nach Pattaya. Diese Stadt scheint Himmel und Hölle zugleich. Der Strand ist so

billig und verkommen wie die meisten Bars und Hotel-
betten. Verdreckt, als wollte er deutlich machen, schaut
mal alle her, wie auch ich schönes Fleckchen Erde ver-
schandelt werde. Die Wanderung am Strand wurde mir
durch den Anblick der weggeworfenen Plastikflaschen,
der halb gegessenen Hummer, dem Gestank von Kon-
servenresten und den in das Meer fließenden Abwässern
verdorben, im wahrsten Sinne des Wortes und ich hatte
den gleichen Eindruck wie ein Jahr vorher in Chon Buri

So war das Schönste, an das ich mich erinnern kann, die
Landschaft von der Ferne aus zu betrachten, so wie wir
sie abends vom Drehrestaurant des gewaltigen Radio- und
Fernsehturms aus genießen konnten. Von hier aus sahen
wir die liegen gelassenen Cola-Dosen nicht mehr.

Einen Tag später fuhren wir nach Bangkok und ich stieg
in die Maschine nach Frankfurt.

Zweimal noch besuchte ich Payoum. Ich möchte die
Erlebnisse und Reisen mit ihr nicht missen. Doch mit
jedem Mal merkte ich deutlicher, dass auch hier die Basis
nicht ausreichend war. Ich merkte, dass von meiner Beziehung eigentlich nur eine angenehme Urlaubsbekannt-
schaft übrig geblieben war und ich beendete im Spätherbst
des Jahres mein Verhältnis mit Payoum.

Das letzte Jahr

In den ersten Monaten des Jahres 2006 erlebte ich, was Aussichtslosigkeit bedeutet. Ich spürte deutlich, dass Pokhie keine Hoffnung mehr hatte, ihre befristete Aufenthaltsberechtigung könnte noch verlängert beziehungsweise in eine unbefristete umgewandelt werden. Ihre Ängste verstärkten sich, je älter das Jahr wurde. Dies hatte mehrere Gründe.

Zum einen war da die Rolle, die ihr Mann spielte. Immer wieder erpresste Michael M. Geld von ihr, wenn er drohte, zur Behörde zu gehen. „Ich muss wieder zum Amt und einen Antrag für Unterstützung stellen", so begann er meistens, um fortzufahren und darauf hinzuweisen, dass dort jedes Mal die Frage gestellt werde, was denn seine Frau zu seinem Lebensunterhalt beitragen würde? Und er heuchelte weiter: „Ich muss die Wahrheit sagen."

Ich kann bis heute nicht verstehen, dass die Menschen auf den Ämtern das Spiel bis zum Schluss mitgemacht und nur bei Pokhie die Schuld gesucht haben. Michael M. hat nie Probleme bekommen, noch nicht einmal wegen der Eintragung einer falschen Steuerklasse. Es wurde wie sooft das schwächste Glied in die Zange genommen, um es zu knacken.

Pokhie tat mir unendlich leid. Ich hatte den unbändigen Wunsch, die drohende Ausweisung zu verhindern und habe nächtelang gegrübelt. Eingefallen ist mir wenig. Das einzige, was ich konnte, war, ihr Mut zuzusprechen und ihr zu verstehen zu geben, dass ich zu ihr halte.

Pokhies Visum würde im Juni ablaufen. Je näher dieser Termin heranrückte, desto nervöser wurde sie. Ich war zwar manchmal noch der Meinung, dass sie auch weiterhin eine Chance hat, sofern man es richtig anstellt. Doch dazu hätte sie Berater gebraucht, die gut sind. Leider verließ sie sich in diesem Punkt immer noch auf die Ratschläge aus dem Milieu. Heute vertraute sie dieser Kollegin, morgen einer anderen, um am folgenden Tag mit einem Bordellbesitzer über ihr Problem zu reden.

Ich erhielt auf diese Weise die Adresse eines windigen Anwalts, mit der Bitte, ich solle am nächsten Tag Unterlagen von Pokhie an eine bestimmte Faxnummer versenden. Doch auch das half nichts und verlief im Sande. Pokhie nahm sich endlich in der höchsten Not einen Anwalt, der, wie sich später herausstellte, wohl ziemlich mittelmäßig war.

Dieser reichte schließlich wegen der Befristung ihres Aufenthaltstitels eine Klage gegen die Stadt Frankfurt ein. Da sich dies jedoch mit dem Ablauf ihrer Aufenthaltsberechtigung überschnitt, musste Pokhie ihren Pass bei der Ausländerbehörde abgeben. Stattdessen bekam sie ein amtliches Schreiben, um sich bei einer Kontrolle ausweisen zu können.

Dennoch hatte sie damals panische Angst, sobald ein Polizist oder Polizeiwagen in Sichtweite kam.

Je mehr ein Ende absehbar war, desto öfter trafen wir uns wieder und genossen diese Stunden. Pokhie hatte inzwischen ein neues Lieblingslokal. Es war ein Restaurant in der Nähe der ‚Alten Oper'. Dort gab es unter anderem auch ein fantastisches Zanderfilet, mit Broccoli und Kartoffeln. Pokhie, aus dem Isaan, liebt Fisch über alles, und hier konnte sie ihn noch einmal so richtig genießen. Vielleicht schmeckte er ihr sogar besser als der, den sie sich in Thailand leisten konnte.

An einem der letzten Sonntage, als wir wieder dieses Lokal besuchten, passierte folgendes. Während wir auf unser Essen warteten, bemerkte ich etwas Kleines, das ganz eilig und wichtig am Fußboden in der Nähe der Wand entlang huschte und dann in einem Loch verschwand. Ich war gespannt, wie Pokhie reagieren würde, wenn die Maus sich wieder hervorwagen sollte, und ich ihre Aufmerksamkeit darauf lenken konnte. Der neugierige und wahrscheinlich auch hungrige Nager ließ nicht lange auf sich warten und kam nach kurzer Zeit erneut aus seinem Versteck hervor. Möglichst unauffällig – ich wollte nicht, dass andere Besucher oder das Bedienungspersonal auf den sicherlich ungebetenen Gast aufmerksam wurden – deutete ich auf die kleine Maus. Pokhie freute sich. Für sie war das etwas ganz Natürliches, keine anerzogene I-gitt-Reaktion mit einem spitzen Aufschrei oder Ausdruck von Ekel. Nein, sie fand das einfach nur lustig und der Glanz von natürlicher Freude lag in ihren Augen.

So versuchte ich mit Kleinigkeiten, sie von ihren traurigen Gedanken abzulenken.

Bei den Verabredungen in diesen letzten Wochen sprach Pokhie immer häufiger davon, in Thailand – und sie machte sich also nichts vor – mit einer einfachen Tätigkeit, einmal war es als Schneiderin, ein anderes Mal war es mit einem kleinen Imbiss, dann wieder war es nur ein simpler Stand auf dem Markt, ihren Lebensunterhalt zu verdienen. Ich sah dann, wie sie träumte, den Kopf leicht nach hinten geneigt, die Lippen entspannt, während der Blick in die Ferne davon schwebte.

In diesen Zeitraum fiel auch mein einundsechzigster Geburtstag. Pokhie hatte mich gebeten, sie an diesem Tag zu besuchen. Ich tat es mit gemischten Gefühlen. Ich hatte zum Schluss immer außerhalb ihres Arbeitsplatzes gewartet, wenn ich mich mit ihr treffen wollte. Ich ekelte mich vor der Bordellchefin, die mir innerlich und äußerlich wie ein wandelndes Eitergeschwür vorkam. Trotzdem tat ich an diesem Tag Pokhie den Gefallen und klingelte. Die Tür öffnete sich, man ließ mich ein und sagte, ich möge mich noch ein bisschen gedulden. Pokhie sei unterwegs, würde aber bald zurück sein. Es gäbe noch eine kleine Überraschung.

In der Wartezeit öffnete ich eine Flasche Sekt, die ich mitgebracht hatte und füllte die bereitgestellten Gläser. Ich hoffte, ich würde nicht zulange warten müssen.

Nach ein paar Minuten hörte ich, dass jemand die Wohnungstür aufschloss und sah, wie Pokhie hereinkam. Mit einem Strauß Blumen. Es waren rote Rosen. Es waren genau einundsechzig rote Rosen. Und jede Rose hat meine Seele berührt.

Aber die Zeit blieb nicht stehen, die Uhr lief gnadenlos weiter, lief schnell weiter und nahm keine Rücksicht. Man konnte den Zeiger zwar abbrechen, man konnte die Uhr zerstören, doch die Erde dreht sich, und so kam unaufhörlich der Zeitpunkt näher, an dem auch der geduldete Aufenthalt zu Ende gehen sollte.

Es würde ein weiteres, möglicherweise letztes Gespräch mit der Ausländerbehörde geben. Zu diesem Treffen nahm sie mich endlich mit. Hier begegnete ich auch ihrem Anwalt.

Bei diesem Termin am 13. September sollte sie ein Flugticket nach Bangkok vorweisen, um damit ihre freiwillige Ausreise zu dokumentieren. Pokhie hatte es natürlich nicht. Sie verließ sich immer noch auf alle möglichen Leute und war verlassen.

Der Anwalt schien ratlos und sagte mir, dass Pokhie jetzt unter Umständen nicht als freier Mensch aus dem Gebäude fortgehen könne. Es sei nun möglich, sie in das nächste Flugzeug zu setzen, weil ihre Klage gegen die

Stadt Frankfurt zur Verlängerung ihrer Aufenthaltsgenehmigung abgewiesen sei. Zwar läge noch keine schriftliche Begründung vor, doch dies sei auch nicht erforderlich. Entscheidend sei, wie das Urteil ausgefallen ist. In ihrem Fall leider negativ. Ich hatte Zweifel an dieser Rechtsauslegung und habe diese auch heute noch.

Also bat ich darum, mit in das Büro gehen zu dürfen und wir gingen zu dritt hinein. Die erste Frage war gleich: „Schön, dass Sie pünktlich sind, dürfen wir das Flugticket sehen?" Der Anwalt reagierte unsicher und so meldete ich mich als ihr Vertrauter zu Wort. Ich betonte, dass Frau M. nicht verstanden habe, dass sie ein Flugticket besorgen und vorweisen muss, weil ihr der Gerichtsbeschluss nicht bekannt war. Deshalb bestand ich darauf, dass ihr aufgrund des Missverständnisses noch einmal ein letzter — bitte! – Aufschub gewährt werde.

Die Dame, mit der wir das verhandelten, war überfordert und rief ihren Kollegen aus dem Nebenzimmer hinzu. Dieser wollte zunächst nicht darauf eingehen, merkte jedoch an meiner Reaktion, dass ich mich nicht gleich einschüchtern lassen würde. Vielleicht scheute er auch den Ärger, den ich unter Umständen machen könnte. Irgendwann räumte er Pokhie eine allerletzte Frist ein. Am 20. September sollte sie das Land verlassen, sonst würde sie abgeschoben. Ihr Flugticket musste sie sich umgehend besorgen und bei der Behörde anschließend abgeben.

Am 22. September hat(te) Pokhie Geburtstag. Ich scheiterte mit meiner Bitte um drei weitere Tage Aufschub. Dieser war uns nicht vergönnt.

Die Ausreise

Pokhie hatte dann letztendlich doch noch innerhalb des allerletzt geduldeten Zeitraums die Reiseunterlagen bekommen für die Thai-Airways, die am 20. September 2006 abends um 20.45 Uhr auf Rhein-Main abheben sollte.

In der letzten Woche rief Pokhie täglich an, je näher der Termin kam mehrmals am Tag. Am 16. September abends, gegen zwanzig Uhr, sechsundneunzig Stunden vor ihrer Ausreise, meldete sie sich wieder: „Hab' Angst, hab' Angst."

Ich fuhr zu ihr. Wir gingen neben dem Fluss am Frankfurter Nizza spazieren. Es war ein warmer Herbstabend. Ich habe meinen Arm um ihre Schultern gelegt, sie hat mich um die Hüfte gefasst. Wir gingen schweigend, sahen nicht die Menschen, hörten nicht die Autos. „Schön", sagte sie, „die Bäume!" Ich merkte, dass sie sich wieder beruhigte.

Zwei Tage später wollten wir uns einen letzten gemütlichen Abend machen. Wieder fuhren wir zum Nizza, um noch einmal den Fluss zu beobachten, und die Schwalben, die Menschen sowieso. Gerne würden wir etwas dazu trinken. Denn bald sollte dies alles ihrer und meiner Vergangenheit angehören.

Wir wollten draußen, im Freien, sitzen und ohne Fensterglas die Stimmung noch einmal haben. Als wir ankamen, konnte die Enttäuschung kaum größer sein. Die Tische und Stühle der Restaurants am Flussufer waren zusammengestellt. „Zu kalt", bedeutete man uns. „Sonntag war noch auf!"

Resigniert und konsterniert standen wir herum. Gefühle, die wir noch einmal wollten, waren uns nicht vergönnt. Wir probierten schließlich ein Lokal in Sachsenhausen aus.

Das Essen war mittelmäßig, auch deshalb, weil wir einfach nur traurig waren. Weder Pokhie noch ich hatten vor, etwas zu erzwingen, was nicht kommen wollte.

So gingen wir früher als geplant nach Hause.

Am nächsten Abend holte ich sie ab und brachte ihren Koffer an den Flughafen. Ich weiß nicht, ob wir noch etwas zusammen gegessen oder getrunken haben. Ich kann mich nicht daran erinnern.

Der 20. September.

Ich fuhr direkt vom Büro an den Flughafen. Pokhie war schon da, hatte ihren Koffer abgeholt und stand am Check-In. Problemlos konnte sie ihr Übergepäck durchbringen.

Noch neunzig Minuten.

Wir gingen in ein Bistro. Wir, das waren Linda, eine Kollegin, Roland, ein halbseidener Typ, der vorgab Pokhie später heiraten zu wollen, Pokhie selbst und ich.

Bier für alle. Ich musste noch Auto fahren, bei den anderen war es mir egal. Ich wollte mich zusammen nehmen. Pokhie versuchte es auch. Sie musste sich ja nur noch fliegen lassen. Noch dreißig Minuten. Doch noch ein Bier.

Dann, noch fünf Minuten: „Die Rechnung bitte."

Keine Ahnung wie wir zur Passkontrolle gekommen sind, irgendwas war noch zu erledigen. Ach ja, der Pass musste von einer anderen Stelle abgeholt werden.

Kurzes Nachfragen. „Ja hier lang." „Nein dort, aber sie alleine."

„Pokhie, hast du alles? Ist alles in Ordnung?" „Ja, glaub' schon."

Kein Wai zum Abschied, dafür herzliches Umarmen, kameradschaftlicher und freundschaftlicher kann es nicht sein.

Sie geht. Ist an der ersten Kontrolle vorbei. Wir blicken ihr nach.

Nach dreißig Metern dreht sie sich um.

Macht keine Thai sonst auf der Welt. Sie winkt. Wir winken zurück. Langsam kommen Tränen – bei mir. Sie geht weiter, wieder zwanzig Meter. Sie dreht sich noch einmal um. – „Was passiert, wenn ich jetzt losrenne, sie schnappe und einfach wieder zurück hinter die Absperrung bringe?" Klar, geht nicht! Aber träumen darf man vielleicht noch. Sie winkt erneut, länger als vorher, wir winken auch länger.

Sie geht weiter. Noch einmal Umdrehen, noch einmal Winken. Scheinbar verschwunden in der Masse. Ich stelle mich auf die Zehenspitzen. Ist sie das? Möglich! Jetzt ist sie weg.

Nein! Da! Sie winkt, schon ganz klein, kaum noch auszumachen, aber sie ist es. Ich mache mich groß, gaaanz groß, winke noch einmal, noch einmal. Dann reißt sie sich herum, und verschwindet.

Gute Reise, Pokhie!

Bessere Zeiten in Thailand!

Wie fühlt man/frau sich eigentlich, wenn man/frau sich wie Ware vorkommen muss, wenn man/frau einfach in irgendeiner Weise – egal ob man/frau Analphabet ist oder nicht oder was man/frau auch immer sonst sein mag – ein amtliches Schriftstück bekommt, in dem es – selbstverständlich viel amtlicher und damit vornehmer – vornehmer? – heißt: ‚Hau ab, wir brauchen dich hier nicht!'

Und man/frau hat sich nichts zuschulden kommen lassen, gar nichts, außer, dass man/frau den Leuten vertraut (hat) und noch vertraut!, von denen man/frau erzogen wurde. Man(n)/Frau ist einfach nur ein Stück Mensch, das benutzt wird vom Menschenhandel, mensch klein gemacht, der nicht lernen konnte, keine Chance hatte, sich gegen sein Schicksal aufzulehnen, wie fühlt man/frau sich dann, wie armselig fühlt man/frau sich dann?

Das würde ich gerne einige Leute hier fragen und Ihnen das Gefühl dazu beibringen. Nicht aus der Position, in der wir uns befinden, in der sie sich befinden, sie würden es nie verstehen. Sie kapieren es ja jetzt auch nicht. Aber ich hätte sie durchaus gerne in dieser Situation, in der Pokhie sich jetzt befindet. Also runtergebrochen in eine asoziale Position, um dann genau das zu erleben, was Pokhie am Ende durchmachen musste.

Und ich hoffe, diese Menschen mögen irgendwann auch einmal Pokhies einfache Wünsche beim langen Winken zum Abschied schmerzhaft in ihrer Seele spüren.

Sicher, ich weiß, dass auch solche Menschen nur Marionetten sind, die sich an die vorgegebenen Richtlinien halten müssen. Dennoch, es ist unerträglich, dass Menschlichkeit letztendlich an Paragraphen und Machteinflüssen scheitert.

Einen Monat nach der erzwungenen Ausreise von Pokhie sitze ich – an ihrer Stelle – am Grab ihres totgeborenen Kindes am Frankfurter Hauptfriedhof. Selbst diese Möglichkeit des Menschfühlens hat man ihr genommen…

Bangkok, 4./5. November 2006

Wie gesagt meine Beziehung zu Payoum war im Laufe der Zeit abgekühlt, dennoch wollte ich einen letzten Versuch machen, und sie im November besuchen, um mir endgültig über meine Gefühle klar zu werden.

Mit Pokhie hatte ich immer wieder Telefonkontakte, mal meldete sie sich, mal rief ich an. Jedes Mal, wenn sie mich erreichte, hatte sie das Bedürfnis, mir ihren Kummer zu erzählen. Natürlich konnte ich ihr nicht wirklich helfen, aber es tat ihr – auch mir – gut, wenn wir miteinander sprachen. Wir hatten uns auf eine sehr seltene Art gerne.

Ich wollte sie treffen auf meinem Weg nach Chiang Rai, dass war ich ihr schuldig. Payoum würde ich nichts davon erzählen. Ich würde es ihr aufgrund der Sprachkenntnisse auch nicht vermitteln können, wie es um die Freundschaft zu Pokhie stand. Dies gelang mir später selbst bei Aung nicht so deutlich, wie ich es mir gewünscht hätte.

Zurück nach Bangkok und zum 4. November. Der Jumbo landete pünktlich auf dem neuen Flugplatz. Hier kannte ich mich überhaupt nicht aus, und hatte deshalb mit Pokhie auch keinen genauen Treffpunkt vereinbart.

Sie sollte nur am Gate stehen und ich würde dann nach rechts gehen. Ich sah eine riesige wartende Menschenmenge, als ich die letzte Kontrolle passiert hatte. Keine Chance, die kleine Thaifrau irgendwo zu entdecken. Für mich sowieso nicht, ich sehe immer nur die Masse, und erkenne keine einzelne Person, selbst, wenn sie mir direkt gegenüberstehen würde.

Also drückte ich mich durch die Menschen, verschwitzt, unrasiert, unausgeschlafen, so, wie ich war und mich nach dem langen Flug fühlte. „Sie wird wohl nicht hier warten", dachte ich, „sondern ein bisschen weiter rechts." Ich zog meinen Koffer hinter mir her, bestrebt, möglichst schnell an eine weniger belebte Stelle zu kommen, als sich plötzlich ein kleiner Arm um meine Taille legte und sich ein Körper an mich schmiegte. Pokhie hatte sich herangeschlichen, trotz der vielen Leute, und freute sich diebisch, dass ihr die Überraschung gelungen war.

„Willst du essen. Du hab' Durst? Wir gehen in kleines Bistro, gleich da vorne, Nathiem warten auch dort, mit Freund." Nathiem kannte ich noch, sie war die Tante, die ich eher für eine Schlange hielt. Aber so war es eben in Pokhies Leben, sie musste zu oft mit den falschen Leuten auskommen.

Sie hatte mir ein Hotelzimmer besorgt, sie selbst würde dort mit übernachten. Das war in Ordnung, ich wusste, dass ich ihr vertrauen konnte. Ich wollte mich zunächst ein bisschen ausruhen, während Pokhie noch etwas zu erledigen hatte.

Als sie um sieben Uhr kam, hatte ich geschlafen, war frisch rasiert und geduscht.

Der Abend, den wir an der Hotelbar verbrachten, war schön. Die Band spielte manchmal nach unseren Wünschen, wir tranken Bier, erzählten und waren in bester Stimmung und genossen die Stunden. Das, was uns am vorletzten Abend in Frankfurt nicht vergönnt war, wurde uns hier geschenkt.

Auch ein Billardtisch stand in der Nähe. Pokhie liebte Billard, spielte gar nicht mal so schlecht. Aber auf gewinnen oder verlieren kam es nicht an

Um ein oder zwei Uhr gingen wir ins Bett. Aneinandergekuschelt genossen wir ein gegenseitiges Vertrauen, das schöner und wertvoller nicht sein kann. Als wir am nächsten Morgen aufwachten, lagen wir immer noch so beieinander. Wir machten uns fertig, duschten, putzten die

Zähne, zogen uns an und frühstückten vom Frühstücks-büffet. Pokhie überließ es mir, sie zu bedienen. Schnell drehten sich die Zeiger der Uhren weiter. Wir hatten uns zu beeilen, ich musste zum Flughafen. Mein Flug ging irgendwann gegen Mittag.

Ein bisschen Zeit blieb dann doch noch. Also schlen-derten wir an den Bistros und Wechselstuben vorbei und gönnten uns ein letztes gemeinsames Getränk. Dann be-gleitete sie mich zum Kontrollpunkt. Kurz davor blieb ich stehen. Sie fragte nur: „Jetzt?" Ich nickte stumm. Sie nahm mich in die Arme, drückte sich an mich und sagte leise: „Dies wunderschöner Urlaub."

Ich habe sie auf die Stirn geküsst. Sie löste sich von mir und verließ mich. Ich tat das gleiche. Aber nach ein paar Metern blieb ich stehen, drehte mich um und sah sie schließlich in der Menschenmenge verschwinden. Diesmal schaute sie nicht mehr zurück.

Sie war stärker als ich. Musste es auch sein.

Pokhie

Udon Thani, 16. April 2007, Mittagszeit.

Ich steige aus dem Auto. Aung sieht mich an, „I love you." – Ich liebe Dich – „I know, same same to you." – Ich weiß, bei mir ist es genau so – antworte ich ihr. Dann schließe ich die Wagentür. Aung fährt weiter.

Ich warte vor der Ladengalerie auf Pokhie. Aung hat mich die dreihundert Kilometer von ihrem Heimatort nach Udon Thani gefahren. Ihr ist es nicht leicht gefallen. Fast jeden Tag hat sie mich über Pokhie befragt. Ich habe sehr wohl gespürt, welche Überwindung, welche innere Anspannung, sie diese Fahrt gekostet hatte. Ich weiß, wie schwer die beschriebene Beziehung zu Pokhie, besser ausgedrückt, diese tiefe Kameradschaft, von einer anderen Frau, und hier auch noch einer Thaifrau, akzeptiert werden kann.

Jedoch ist Ehrlichkeit für mich die Basis einer jeden Beziehung. Wenn die nicht am Anfang das Ganze bestimmt, was soll das dann?

Pokhie kam etwas später. Als sie aus der Passage heraustrat und auf mich zuging, habe ich sie im ersten Augenblick nicht erkannt. Es waren gerade fünf Monate her, seit wir uns in Bangkok getroffen hatten. Die schlanke, zierliche Frau gab es nicht mehr. Sie war aufgedunsen, ihr Gesicht verquollen.

Als ich sie später beim Sushi-Essen von der Seite ansah, flüsterte sie: „Ich nicht mehr schön." Eine tiefe Traurigkeit und Hoffnungslosigkeit lag in ihrem Gesicht.

Dann sah sie, wie sehr mir das weh tat...

Nachbetrachtung: *Cry It Out Loud*

An jedem Gerichtsgebäude stehen die stolzen Worte von der Würde des Menschen, die unantastbar ist.

Nach den vergangenen drei Jahren nehme ich Artikel 1 unseres Grundgesetzes ernster als je zuvor. Gleichzeitig empfinde ich es wie eine Verhöhnung, wenn diese prächtigen Worte über jedem Gerichtsgebäude eingemeißelt sind, wir tagtäglich aber erleben, wie wenig Durchsetzungskraft der Rechtsprechung geblieben ist.

Die Politiker, die für die Einhaltung unserer Rechte kämpfen sollten, wirken bestenfalls noch wie Gönner, die dem ‚lieben' Volk gebetsmühlenartig verkünden, wie sehr sie sich für seine Bedürfnisse einsetzen.

In Wahrheit sind sich aber die Machthaber über alle Grenzen hinweg einig, schlagen sich auf die Schenkel, und freuen sich, mit welch einfachen Mitteln die Menschen zu täuschen, zu beeinflussen und zu kaufen sind.

Denn eigentlich sollte es heißen: ‚Die Macht der Wirtschaft ist unantastbar'.

Es fängt aber schon in der Schule an, mit der Einteilung der Kinder in Noten. Die einen sind gut und bekommen eine Zwei oder Drei, die anderen sind dumm und haben eine Fünf, manchmal vielleicht eine Vier. Ziel ist dabei aber auch, dass dadurch die Wertigkeit eines Menschen festgelegt wird. Damit erscheinen die guten Schüler als wertvolle und die schlechten Schüler bestenfalls als weniger wertvolle Menschen.

Das setzt sich auch gedanklich fort, wenn man in anderem Zusammenhang von Ländern der Dritten und Vierten Welt spricht. Diese Einteilung wird von fast allen Menschen – vor allen Dingen von den Politikern – akzeptiert, denn es ist aus deren Sprachschatz entstanden.

Die Abstufung, die mit der Benennung der Rangfolge beschrieben wird, ist wiederum wie eine Benotung.

Auch ein ehemals führender deutscher Staatsmann hat sein Scherflein zu unserem gesellschaftlichen Dämmerzustand beigetragen, als er sagte, dass nach ihm Deutschland anders sein werde. Die Massen jubelten ihm zu, denn sie hatten verstanden, dass alles besser werden solle. Besser wurde es. Aber nur für die Grossen. Und die Kleinen? Die Kleinen sind so arm, dass sie teilweise nicht mehr wissen, wie sie ihr Essen oder ihre Miete oder ihre Gasrechnung bezahlen sollen. Das Schlimmste daran ist, heute können sich die meisten Menschen in Deutschland kaum noch vorstellen, dass es auch einmal anders war.

Die Schere geht also weiter auseinander. Die Unterjochung der Kleinen bewirkt, dass sie aufgrund der veränderten Spielregeln in Gesellschaft und Wirtschaft glauben, sich nichts, aber auch gar nichts, mehr erlauben zu können, während die Gestalter den Trend dieser Zustände gerne noch verstärken möchten.

Daraus ergibt sich allerdings, dass das Ergebnis der gesamten Leistungen einer Nation, wirtschaftlich, sozial und kulturell, bestenfalls knapper Durchschnitt sein kann. Siehe die Pisa-Studie, siehe das Auskunftsverhalten bei Ämtern oder großen Dienstleistungsbetrieben, siehe auch die Einstellung der Beratungspflicht bei Finanzämtern.

Was wundert es also, wenn die Sachbearbeiter keinen Anteil an dem jämmerlichen Schicksal einer thailändischen Prostituierten nehmen können und wollen.

Zwar habe ich die Jahre mit Pokhie als Einzelschicksal erlebt und so auch beschrieben, aber Hunderttausenden, vielleicht Millionen Frauen, geht es ähnlich, weil auch sie sich nicht aus solchen Zwängen befreien können. Deren Schicksal mag zwar manchmal mit Forderungen aus den

Familien begründet werden, aber ich bin sicher, dass die wegweisenden Voraussetzungen dafür in den Führungsetagen der Großkonzerne stattfinden, wenn die Parameter festgelegt werden und definiert wird, welche Länder sich an der Weltproduktion beteiligen dürfen und welche nicht.

Das bedeutet, die Qualen dieser Völker, haben ihre Ursachen vor allen Dingen in den Rechenmodellen zur Profitoptimierung der Controller-Etagen, die ausschließlich die betriebswirtschaftlichen Belange des jeweiligen Unternehmens im Auge haben.

Sklavengesellschaft war früher?

Der Umkehrschluss ist folgender:

Wir brauchen solche Rechenoperationen. Aber wir brauchen sie als netzübergreifende Rechnungen für die Volkswirtschaften, in denen als wichtiges Element auch die Leiden der ärmsten Völker quantifiziert sind. Wir brauchen dies, weil unsere Welt nun einmal ein begrenzter Raum ist. Das bedeutet nämlich immer, wenn ich irgendwo zuviel habe, habe ich woanders zu wenig. Als Konsequenz ist dann nur noch zu fordern, dass sich die Konzernentscheidungen solchen volkswirtschaftlichen Modellen unterordnen müssen, im Sinne des Nord-Süd-Dialogs von Willy Brandt.

Wir brauchen dieses Umdenken, solange uns irgendein Gott noch gnädig sein mag.

Weil ich das Schicksal von Pokhie in den letzten Jahren hautnah miterlebt habe, fällt meine Reaktion anders aus als bei jemandem, der dies über Zeitung, Fernsehen oder sonst wie von Dritten erfahren hat. Der direkt Angesprochene erlebt so etwas viel näher, ist quasi, wie in meinem Fall, selbst davon betroffen.

Und so ist meine Wut auch zu erklären.

Hätte ich Pokhies Schicksal aus der Zeitung erfahren, würde es mir vielleicht leid tun. So tut es mir weh. Weh auch deshalb, weil unser System im Grunde immer nur Normen oder Leitlinien schaffen kann.

Die Ausgestaltung des Rechts jedoch dem einzelnen obliegt, sei er nun Richter, Staatsanwalt oder Sachbearbeiter beim Ausländeramt. Genau hier jedoch greift der Mechanismus. Die unteren Stellen haben nicht die Kraft und Macht, die einzelnen Fälle im Rahmen des Möglichen zu interpretieren. Nein, sie ‚richten' nach dem Buchstaben des Gesetzes und schöpfen den gegebenen Spielraum nur zu selten aus. Kein Vorwurf, sie wurden vom System so erzogen.

Deshalb behaupte ich:

Ein Staat ist erst dann ein Rechtsstaat, wenn durch seine Vorgaben erkennbar wird, dass ihm Kultur wichtig ist, in dem Sinne, dass er die Sorgen der Ärmsten der Armen, der Verfolgtesten der Verfolgten und der Gequältesten der Gequälten als seine ersten Sorgen begreift. Dazu gehört, dass er seinen Mitarbeitern Möglichkeiten in die Hände gibt, damit diese gestalterisch einwirken können.

Das heißt ganz einfach, ein Staat ist erst dann ein Rechtsstaat, wenn er die Würde eines jedes Menschen – auch einer thailändischen Prostituierten wie Pokhie – als unantastbar betrachtet und endlich Bedingungen schafft, damit Artikel 1 unseres Grundgesetzes eingehalten werden kann.

Günther Anders, der große Sohn der Stadt Breslau und Philosoph, hat diese Forderung sehr einfach aber deutlich und klar umrissen und ausgeweitet, als er definierte, dass eigentliche Humanität dann beginnt, wenn das Wohlfühlen bei der Arbeit genau so angenehm ist, wie das Ausruhen bei dem verdienten Feierabend.